Im Kern der Erde

Prolog

Bitte denken Sie zuerst daran, dass ich nicht erwarte, dass Sie diese Geschichte glauben. Sie konnten sich auch nicht wundern, dass Sie eine meiner jüngsten Erfahrungen miterlebt haben, als ich in der Rüstung glückseliger und erstaunlicher Ignoranz das Wesentliche anlässlich meiner letzten Reise nach London einem Kollegen der königlichen geologischen Gesellschaft freudig erzählte.

Sie hätten sicherlich gedacht, dass ich nicht weniger als ein abscheuliches Verbrechen aufgedeckt worden wäre, als die Kronjuwelen vom Turm zu entfernen oder Gift in den Kaffee seiner Majestät des Königs zu geben.

Der gelehrte Gentleman, dem ich mich anvertraute, erstarrte, bevor ich zur Hälfte durch war! - das ist alles, was ihn vor dem Explodieren bewahrt hat - und meine Träume von einer Ehrengemeinschaft, Goldmedaillen und einer Nische in der Hall of Fame verschwanden in der dünnen, kalten Luft seiner arktischen Atmosphäre.

Aber ich glaube der geschichte, und sie auch, und der gelehrte mitglied der königlichen geologischen gesellschaft, hatten sie und er es von den lippen des mannes gehört, der es mir erzählte. Hattest du wie ich das Feuer der Wahrheit in diesen grauen Augen gesehen? Hattest du den Ring der Aufrichtigkeit in dieser leisen Stimme gespürt? Hätten Sie das Pathos von allem erkannt - würden Sie auch glauben. Sie hätten den letzten okularen Beweis, den ich hatte, nicht gebraucht - die seltsame rhamphorhynchus-artige Kreatur, die er aus der inneren Welt mitgebracht hatte.

Ich stieß ziemlich plötzlich und nicht weniger unerwartet auf ihn am rande der großen sahara-wüste. Er stand vor einem

Ziegenfellzelt inmitten einer Gruppe Dattelpalmen in einer winzigen Oase. In der Nähe befand sich ein arabischer Doppelgänger mit acht oder zehn Zelten.

Ich war aus dem Norden gekommen, um Löwen zu jagen. Meine Gruppe bestand aus einem Dutzend Wüstenkindern - ich war der einzige "weiße" Mann. Als wir uns der kleinen Ansammlung von Grünpflanzen näherten, sah ich, wie der Mann aus seinem Zelt kam und uns mit handschattierten Augen aufmerksam ansah. Als er mich sah, kam er schnell auf uns zu.

"ein weißer Mann!" er weinte. "möge der gute herr gelobt werden! Ich habe dich stundenlang beobachtet in der hoffnung gegen die hoffnung, dass es dieses mal einen weißen mann geben würde. Sag mir das datum. Welches jahr ist es?"

Und als ich ihm gesagt hatte, dass er taumelte, als ob er voll ins Gesicht geschlagen worden wäre, so dass er gezwungen war, mein Steigbügelleder für die Unterstützung zu greifen.

"es kann nicht sein!" er weinte nach einem Moment. "Es kann nicht sein! Sag mir, dass du dich irrst oder dass du nur Spaß machst."

"Ich sage dir die Wahrheit, mein Freund", antwortete ich. "warum sollte ich einen Fremden täuschen oder versuchen, in so einfacher Angelegenheit wie dem Datum?"

Eine zeitlang stand er schweigend mit gesenktem kopf da.

"10 Jahre!" murmelte er endlich. "Zehn Jahre, und ich dachte, dass es höchstens selten mehr als eins geben könnte!" In dieser Nacht erzählte er mir seine Geschichte - die Geschichte, die ich Ihnen hier in seinen eigenen Worten erzähle, so gut ich mich erinnern kann.

Ich

In Richtung der ewigen Feuer

Ich wurde vor ungefähr dreißig Jahren in Connecticut geboren.
Mein Name ist David Innes. Mein Vater war ein reicher
Minenbesitzer. Als ich neunzehn war, starb er. Sein ganzes
eigentum sollte mir gehören, als ich meine mehrheit erlangt hatte
- vorausgesetzt, ich hatte die zwei jahre, die in enger anwendung
verstrichen waren, dem großartigen geschäft gewidmet, das ich
erben sollte.

Ich habe mein bestes getan, um die letzten wünsche meiner
eltern zu erfüllen - nicht wegen des erbes, sondern weil ich
meinen vater geliebt und geehrt habe. Ich habe ein halbes Jahr
lang in den Minen und in den Zählkammern gearbeitet, denn ich
wollte jedes kleinste Detail des Geschäfts kennen.

Dann interessierte mich perry für seine erfindung. Er war ein
alter Mann, der den größten Teil seines langen Lebens der
Perfektion eines mechanischen unterirdischen Goldsuchers
gewidmet hatte. Als entspannung studierte er paläontologie. Ich
sah mir seine Pläne an, hörte seinen Argumenten zu, inspizierte
sein Arbeitsmodell - und dann, überzeugt, brachte ich die Mittel
auf, die nötig waren, um einen vollwertigen, praktischen
Prospektor zu bauen.

Ich werde nicht auf die Einzelheiten seines Aufbaus eingehen -
es liegt jetzt draußen in der Wüste - etwa zwei Meilen von hier
entfernt. Morgen kannst du gerne rausfahren und es dir ansehen.
In etwa ist es ein Stahlzylinder, der dreißig Meter lang und so

verbunden ist, dass er sich bei Bedarf durch festen Fels drehen und verwinden kann. An einem Ende befindet sich eine mächtige Bohrmaschine, die von einem Motor angetrieben wird, der mehr Leistung auf den Kubikzoll überträgt als jeder andere Motor auf den Kubikfuß. Ich erinnere mich, dass er behauptete, diese Erfindung allein würde uns fabelhaft reich machen - wir würden das Ganze nach der erfolgreichen Ausgabe unseres ersten geheimen Prozesses veröffentlichen -, aber Perry kehrte nie von dieser Probefahrt zurück, und ich erst nach zehn Jahre.

Ich erinnere mich sozusagen nur an gestern, in der Nacht dieses bedeutsamen Ereignisses, bei dem wir die praktische Anwendbarkeit dieser wundersamen Erfindung testen sollten. Es war kurz vor Mitternacht, als wir uns auf den Weg zu dem hohen Turm machten, in dem Perry seine "Eisenmole" gebaut hatte, wie er es gewöhnlich nannte. Die große Nase ruhte auf der nackten Erde des Bodens. Wir gingen durch die Türen in die äußere Jacke, sicherten sie und gingen dann weiter in die Kabine, in der sich der Kontrollmechanismus im inneren Rohr befand, und schalteten das elektrische Licht ein.

Perry sah zu seinem Generator. Zu den großen Tanks, die die lebensspendenden Chemikalien enthielten, mit denen er frische Luft herstellen sollte, um die zu ersetzen, die wir beim Atmen verbrauchten; zu seinen Instrumenten zur Aufzeichnung von Temperaturen, Geschwindigkeit, Entfernung und zur Untersuchung der Materialien, durch die wir gehen sollten.

Er testete die lenkvorrichtung und übersah die mächtigen zahnräder, die ihre erstaunliche geschwindigkeit auf den riesigen bohrer an der nase seines seltsamen fahrzeugs übertrugen.

Unsere Sitze, in die wir uns festgeschnallt hatten, waren so auf Querstangen angeordnet, dass wir aufrecht standen, ob das Fahrzeug sich nach unten in die Eingeweide der Erde pflügte oder horizontal entlang einer großen Kohlenflanke lief oder sich vertikal in Richtung der wieder auftauchen.

Endlich war alles fertig. Perry senkte im Gebet den Kopf. Für einen Moment schwiegen wir, und dann ergriff die Hand des alten Mannes den Starthebel. Unter uns tobte ein fürchterliches Gebrüll - der riesige Rahmen zitterte und vibrierte -, und es ertönte ein Geräusch, als die lose Erde durch den Hohlraum zwischen der inneren und der äußeren Hülle flog, um in unserem Kielwasser abgelegt zu werden. Wir waren weg!

Der Lärm war ohrenbetäubend. Das Gefühl war schrecklich. Für eine volle Minute konnte keiner von uns etwas anderes tun, als sich an die sprichwörtliche Verzweiflung des Ertrinkenden an den Handläufen unserer Schaukelsitze zu klammern. Dann warf Perry einen Blick auf das Thermometer.

"gad!" schrie er, "es kann nicht möglich sein - schnell! Was liest der Entfernungsmesser?"

Das und der Tacho waren beide auf meiner Seite der Kabine, und als ich mich umdrehte, um einen Messwert von dem ersteren zu lesen, konnte ich Perry murmeln sehen.

"Zehn Grad steigen - es kann nicht möglich sein!" und dann sah ich ihn hektisch am lenkrad ziehen.

Als ich endlich die winzige nadel im trüben licht fand, übersetzte ich die offensichtliche aufregung von perry und mein herz sank in mir. Aber als ich sprach, verbarg ich die Angst, die mich verfolgte. "Es werden siebenhundert Fuß sein, Perry", sagte ich, "bis Sie sie in die Horizontale verwandeln können."

"Dann solltest du mir besser helfen, mein Junge", erwiderte er, "denn ich kann sie nicht allein aus der Vertikalen rühren. Gott gebe, dass unsere kombinierte Stärke der Aufgabe gleichkommt, sonst sind wir verloren."

Ich schlängelte mich ohne Zweifel zur Seite des alten Mannes, aber das große Rad würde augenblicklich der Kraft meiner jungen und kräftigen Muskeln nachgeben. Noch war mein Glaube bloße Eitelkeit, weil mein Körperbau immer der Neid und die Verzweiflung meiner Gefährten gewesen war. Und aus genau diesem Grund hatte es noch mehr zugenommen, als die Natur beabsichtigt hatte, da mein natürlicher Stolz auf meine große Kraft mich veranlasst hatte, meinen Körper und meine Muskeln mit allen Mitteln in meiner Macht zu pflegen und zu entwickeln. Was war mit Boxen, Fußball und Baseball? Ich war seit meiner Kindheit im Training.

Und so war es mit größter Zuversicht, dass ich den riesigen eisernen Rand ergriff; Aber obwohl ich alles in meine Kraft gesteckt habe, war meine größte Anstrengung so erfolglos wie die von Perry - das Ding würde sich nicht rühren - das düstere, unsensible, schreckliche Ding, das uns auf dem geraden Weg zum Tod hielt!

Endlich gab ich den nutzlosen Kampf auf und kehrte wortlos zu meinem Platz zurück. Ich brauchte keine Worte - zumindest keine, die ich mir vorstellen konnte, es sei denn, Perry wollte beten. Und ich war mir ziemlich sicher, dass er es tun würde, denn er ließ nie eine Gelegenheit aus, die er verpasste, um sich in ein Gebet zu setzen. Er betete, als er morgens aufstand, er betete, bevor er aß, er betete, als er mit dem Essen fertig war, und bevor er nachts ins Bett ging, betete er erneut. Zwischendurch fand er oft Ausreden, um zu beten, auch wenn die Provokation für meine weltlichen Augen weit hergeholt schien - jetzt, da er im Sterben begriffen war, war ich mir sicher, dass ich Zeuge einer perfekten Orgie des Gebets werden sollte - wenn man mit einem solchen Vergleich anspielen könnte so eine feierliche Handlung.

Aber zu meinem Erstaunen entdeckte ich, dass sich mit dem Tod, der ihn ins Gesicht starrte, Abner Perry in ein neues Wesen verwandelte. Aus seinen Lippen floss kein Gebet, sondern ein klarer und klarer Strom unverdünnter Obszönitäten, und alles war auf dieses leise, hartnäckige Stück unnachgiebigen Mechanismus gerichtet.

"Ich sollte denken, Perry", tadelte ich, "dass ein Mann Ihrer angeblichen Religiosität lieber bei seinen Gebeten sein würde, als in Gegenwart des bevorstehenden Todes zu fluchen."

"Tod!" er weinte. "der tod ist es, der dich entsetzt? Das ist nichts im vergleich zu dem verlust, den die welt erleiden muss. Warum david in diesem eisenzylinder haben wir möglichkeiten aufgezeigt, von denen die wissenschaft kaum geträumt hat. Wir haben uns ein neues prinzip zunutze gemacht und damit a Ein Stück Stahl mit der Macht von zehntausend Männern, dass zwei Leben ausgelöscht werden, ist nichts für das Weltunglück, das die Entdeckungen, die ich beim erfolgreichen Bau des heutigen Dings gemacht und bewiesen habe, in die Eingeweide der Erde gräbt tragen uns weiter und weiter in Richtung der ewigen zentralen Feuer. "

Ich gebe offen zu, dass ich mich viel mehr um unsere eigene unmittelbare Zukunft als um einen problematischen Verlust gekümmert habe, den die Welt erleiden könnte. Die Welt war sich ihres Todes zumindest nicht bewusst, während es für mich eine reale und schreckliche Realität war.

"Was können wir tun?" fragte ich und versteckte meine Störung unter der Maske einer leisen und leisen Stimme.

"Wir könnten hier anhalten und an Erstickung sterben, wenn unsere Atmosphärenbehälter leer sind", erwiderte Perry, "oder wir könnten mit der leichten Hoffnung weitermachen, dass wir den Prospektor später ausreichend von der Vertikalen ablenken, um uns entlang des Bogens von a zu tragen." Ein großer Kreis, der uns irgendwann wieder an die Oberfläche bringen muss. Wenn es uns gelingt, bevor wir die höhere Innentemperatur erreichen, die wir vielleicht noch überleben, scheint es mir eine Chance von mehreren Millionen zu geben, dass wir Erfolg haben - ansonsten wir werde schneller sterben, aber nicht sicherer, als wenn wir auf die Folter eines langsamen und schrecklichen Todes warteten. "

Ich warf einen Blick auf das Thermometer. Es registrierte 110 Grad. Während wir uns unterhielten, bohrte sich der mächtige eiserne Maulwurf über eine Meile in den Felsen der Erdkruste.

"Dann lass uns weitermachen", antwortete ich. "Es sollte so schnell vorbei sein. Du hast nie angedeutet, dass die Geschwindigkeit so hoch sein würde, Perry. Wusstest du das nicht?"

"Nein", antwortete er. "Ich konnte die Geschwindigkeit nicht genau berechnen, da ich kein Instrument zur Messung der gewaltigen Leistung meines Generators hatte. Ich war jedoch der Meinung, dass wir ungefähr fünfhundert Meter pro Stunde schaffen sollten."

"Und wir machen sieben Meilen pro Stunde", schloss ich für ihn, als ich mit meinen Augen auf dem Entfernungsmesser saß. "Wie dick ist die Erdkruste, Birne?" Ich habe gefragt.

"Es gibt fast so viele Vermutungen wie es Geologen gibt", war seine Antwort. "man schätzt es dreißig Meilen, weil die innere Hitze, die mit einer Geschwindigkeit von ungefähr einem Grad auf jede sechzig bis siebzig Fuß Tiefe zunimmt, ausreichen würde, um die feuerfestesten Substanzen in diesem Abstand unter der Oberfläche zu verschmelzen. Ein anderer findet, dass das Phänomen von Präzession und Nutation erfordern, dass die

Erde, wenn auch nicht ganz fest, mindestens eine Hülle von mindestens 800 bis 1000 Meilen Dicke hat.

"und ob es sich als solide erweisen sollte?" Ich habe gefragt.

"es wird uns am ende egal sein, david", antwortete perry. "Unser Treibstoff wird bestenfalls ausreichen, um uns nur drei oder vier Tage zu tragen, während unsere Atmosphäre nicht länger als drei Tage sein kann. Und dann reicht es auch nicht aus, um uns in Sicherheit durch achttausend Meilen Fels zu den Antipoden zu tragen."

"Wenn die Kruste ausreichend dick ist, werden wir zwischen sechshundert und siebenhundert Meilen unter der Erdoberfläche zu einem Endstopp kommen; aber während der letzten hundertfünfzig Meilen unserer Reise werden wir Leichen sein. Habe ich recht?" Ich habe gefragt.

"Ganz richtig, David. Hast du Angst?"

"Ich weiß nicht. Es ist alles so plötzlich gekommen, dass ich kaum glaube, dass einer von uns die wirklichen Schrecken unserer Position erkennt. Ich denke, ich sollte in Panik versetzt werden, aber ich bin es nicht. Ich stelle mir vor, dass der Schock hat war so großartig, dass es unsere Sensibilität teilweise betäubte. "

Ich wandte mich wieder dem Thermometer zu. Das Quecksilber stieg weniger schnell an. Es war jetzt nur noch 140 grad, obwohl wir bis zu einer tiefe von fast vier meilen eingedrungen waren. Ich sagte Perry, und er lächelte.

"Wir haben mindestens eine Theorie gebrochen", war sein einziger Kommentar, und dann kehrte er zu seinem selbstverständlichen Beruf zurück, das Lenkrad fließend zu verfluchen. Ich habe einmal einen Piratenschimpfen gehört, aber seine besten Anstrengungen hätten wie die eines Tyros neben den meisterhaften und wissenschaftlichen Vorurteilen von Perry gewirkt.

Noch einmal versuchte ich mich am rad, aber ich hätte genauso gut versuchen können, die erde selbst zu schwingen. Auf meinen vorschlag hin stoppte perry den generator, und als wir zur ruhe kamen, gab ich meine ganze kraft auf, um das ding noch eine haarsträhne zu bewegen - aber die ergebnisse waren so unfruchtbar, als ob wir mit höchstgeschwindigkeit gefahren wären.

Ich schüttelte traurig den Kopf und deutete auf den Starthebel. Perry zog es auf ihn zu, und wieder stürzten wir mit einer Geschwindigkeit von sieben Meilen pro Stunde in die Ewigkeit. Ich saß mit geklebten Augen am Thermometer und am Entfernungsmesser. Das Quecksilber stieg jetzt sehr langsam an, obwohl es selbst bei 145 Grad innerhalb der engen Grenzen unseres Metallgefängnisses fast unerträglich war.

Gegen Mittag oder zwölf Stunden nach Beginn dieser unglücklichen Reise hatten wir uns bis zu einer Tiefe von 84 Meilen gelangweilt. An diesem Punkt registrierte das Quecksilber 153 Grad Fahrenheit.

Perry wurde immer hoffnungsvoller, obwohl ich nicht vermuten konnte, bei welchem mageren Essen er seinen Optimismus aufrechterhielt. Vom fluchen hatte er sich dem singen zugewandt - ich hatte das gefühl, dass die anstrengung endlich seinen geist beeinflusst hatte. Mehrere stunden lang hatten wir nicht gesprochen, außer als er mich von zeit zu zeit nach den lesungen der instrumente fragte und ich sie ankündigte. Meine Gedanken waren erfüllt von vergeblichem Bedauern. Ich erinnerte mich an zahlreiche akte aus meiner vergangenheit, die ich hätte gerne noch ein paar jahre zum leben gehabt hätte. Es gab die Affäre in den lateinischen Commons um und zu, als Calhoun und ich

Schießpulver in den Ofen getan hatten - und beinahe einen der Meister getötet hätten. Und dann - aber wozu sollte ich sterben und für all diese und einige andere Dinge büßen? Schon die Hitze reichte aus, um mir einen Vorgeschmack auf das Jenseits zu geben. Noch ein paar Grad und ich hatte das Gefühl, dass ich das Bewusstsein verlieren sollte.

"Was sind die Lesungen jetzt, David?" Perrys Stimme brach in meine düsteren Reflexionen ein.

"Neunzig Meilen und 153 Grad", antwortete ich.

"gad, aber wir haben diese dreißig Meilen-Kruste-Theorie in einen gespannten Hut geschlagen!" er weinte fröhlich.

"Sehr viel Gutes wird uns tun", knurrte ich zurück.

"Aber mein Junge", fuhr er fort, "hat diese Temperaturmessung für Sie nichts zu bedeuten? Warum ist sie in sechs Meilen nicht gestiegen? Denken Sie daran, mein Sohn!"

"ja, ich denke darüber nach," antwortete ich; "Aber welchen Unterschied wird es machen, wenn unsere Luftzufuhr erschöpft ist, ob die Temperatur 153 Grad oder 153.000 beträgt? Wir werden genauso tot sein, und niemand wird den Unterschied sowieso kennen." aber ich muss zugeben, dass die stationäre temperatur aus irgendeinem unerklärlichen grund meine nachlassende hoffnung erneuert hat. Was ich mir erhofft hatte, konnte ich nicht erklären, und ich habe es auch nicht versucht. Schon die Tatsache, wie Perry sich bemühte, zu erklären, dass mehrere sehr genaue und gelehrte wissenschaftliche Hypothesen in die Luft gesprengt worden waren, ließ erkennen, dass wir nicht wissen konnten, was sich im Inneren der Erde vor uns befand, und so könnten wir weiterhin auf das hoffen am besten, zumindest bis wir tot waren - wenn die Hoffnung für unser

Glück nicht mehr wesentlich sein würde. Es war sehr gut und logisch, und so habe ich es angenommen.

Bei hundert Meilen war die Temperatur auf 152 1/2 Grad gefallen! Als ich ankündigte, griff perry nach mir und umarmte mich.

Von da an bis zum Mittag des zweiten Tages fiel es weiter, bis es so unangenehm kalt wurde, wie es zuvor unerträglich heiß gewesen war. In der Tiefe von zweihundertundvierzig Meilen wurden unsere Nasenlöcher von fast übermächtigen Ammoniakdämpfen befallen, und die Temperatur war auf zehn unter Null gefallen! Wir litten fast zwei Stunden unter dieser intensiven und bitteren Kälte, bis wir ungefähr zweihundertfünfundvierzig Meilen von der Erdoberfläche entfernt in eine Schicht aus festem Eis eintraten, als das Quecksilber schnell auf 32 Grad anstieg. Während der nächsten drei Stunden passierten wir zehn Meilen Eis und mündeten schließlich in eine weitere Reihe von mit Ammoniak imprägnierten Schichten, in denen das Quecksilber wieder auf zehn Grad unter Null abfiel.

Langsam stieg es wieder an, bis wir überzeugt waren, dass wir uns endlich dem geschmolzenen Inneren der Erde näherten. Bei vierhundert Meilen hatte die Temperatur 153 Grad erreicht. Ich schaute fieberhaft auf das Thermometer. Langsam stieg es auf. Perry hatte aufgehört zu singen und betete endlich.

Unsere Hoffnungen hatten einen solchen Todesstoß erhalten, dass die allmählich zunehmende Hitze unseren verzerrten Vorstellungen viel größer vorkam, als es wirklich war. Eine weitere stunde lang sah ich, wie diese unbarmherzige quecksilbersäule aufstieg und aufstieg, bis sie bei vierhundertzehn meilen 153 grad stand. Jetzt begannen wir, in fast atemloser Angst an diesen Messwerten festzuhalten.

Einhundertdreiundfünfzig Grad waren die Höchsttemperatur über der Eisschicht. Würde es an dieser Stelle wieder anhalten oder seinen gnadenlosen Aufstieg fortsetzen? Wir wussten, dass es keine Hoffnung gab, und dennoch hofften wir mit der Beharrlichkeit des Lebens selbst weiter gegen die praktische Gewissheit.

Die Lufttanks waren bereits auf dem Tiefpunkt - es gab kaum genug kostbare Gase, um uns für weitere zwölf Stunden zu versorgen. Aber würden wir am Leben sein, um zu wissen oder uns zu interessieren? Es schien unglaublich.

Nach vierhundertundzwanzig Meilen las ich noch einmal.

"perry!" Ich schrie. "Perry, Mann! Sie geht runter! Sie geht runter! Sie hat wieder 152 Grad."

"gad!" er weinte. "Was kann es bedeuten? Kann die Erde in der Mitte kalt sein?"

"ich weiß nicht, perry," antwortete ich; "aber Gott sei Dank, wenn ich sterben soll, soll es nicht durch Feuer sein - das ist alles, was ich befürchtet habe. Ich kann dem Gedanken an jeden Tod ins Auge sehen, außer dem."

Runter, runter ging das Quecksilber, bis es so tief stand, wie es sieben Meilen von der Erdoberfläche entfernt war, und dann wurde uns plötzlich klar, dass der Tod sehr nahe war. Perry war der erste, der es entdeckte. Ich sah ihn mit den Ventilen fummeln, die die Luftzufuhr regulieren. Gleichzeitig hatte ich Atembeschwerden. Mein Kopf fühlte sich schwindlig an - meine Glieder waren schwer.

Ich sah, wie Perry auf seinem Sitz zerknüllte. Er schüttelte sich und setzte sich wieder auf. Dann drehte er sich zu mir um.

"Auf Wiedersehen, David", sagte er. "Ich denke, das ist das Ende." Dann lächelte er und schloss die Augen.

"Auf Wiedersehen, Perry, und viel Glück für dich", antwortete ich und lächelte ihn an. Aber ich habe diese schreckliche Lethargie abgewehrt. Ich war sehr jung - ich wollte nicht sterben.

Eine Stunde lang kämpfte ich gegen den grausamen Tod, der mich von allen Seiten umgab. Zuerst stellte ich fest, dass ich durch das Hochklettern in den Rahmen über mir mehr von den kostbaren lebensspendenden Elementen finden konnte, und diese stützten mich für eine Weile. Es muss eine stunde nach dem erliegen von perry gewesen sein, dass ich endlich zu der erkenntnis gekommen bin, dass ich diesen ungleichen kampf gegen das unvermeidliche nicht mehr weitermachen kann.

Mit meinem letzten flackernden Bewusstseinsstrahl drehte ich mich mechanisch zum Entfernungsmesser. Es stand genau fünfhundert Meilen von der Erdoberfläche entfernt - und plötzlich kam das riesige Ding, das uns langweilte, zum Stillstand. Das Rasseln von Felsbrocken durch die hohle Jacke hörte auf. Das wilde Rennen des Riesenbohrers wies darauf hin, dass er sich in der Luft löste - und dann schoss eine andere Wahrheit über mich. Der Punkt des Prospektors lag über uns. Langsam wurde mir klar, dass es sich seit dem Passieren der Eisschichten über mir befunden hatte. Wir hatten uns im Eis gewendet und rasten auf die Erdkruste zu. Gott sei Dank! Wir waren in Sicherheit!

Ich steckte meine nase in das ansaugrohr, durch das beim durchgang des prospektors durch die erde proben entnommen werden sollten, und meine größten hoffnungen wurden erfüllt - eine frische luft strömte in die eisenkabine. Die Reaktion ließ mich zusammenbrechen und ich verlor das Bewusstsein.

Ii

Eine fremde Welt

Ich war kaum länger als einen Augenblick bewusstlos, denn als
ich mich von dem Querbalken, an den ich mich geklammert
hatte, nach vorne stürzte und mit einem Knall auf den Boden der
Kabine fiel, brachte mich der Schock zu mir.

Mein erstes Anliegen war Perry. Ich war entsetzt über den
Gedanken, dass er an der Schwelle der Erlösung tot sein könnte.
Ich riss sein Hemd auf und legte mein Ohr an seine Brust. Ich
hätte vor Erleichterung weinen können - sein Herz schlug
ziemlich regelmäßig.

Am wassertank benetzte ich mein taschentuch und klopfte es
ihm mehrmals sanft auf die stirn und ins gesicht. In einem
Moment wurde ich durch das Anheben seiner Lider belohnt.
Eine zeitlang lag er mit weit aufgerissenen augen und völlig
unverständlich da. Dann versammelten sich seine Gedanken
langsam und er setzte sich auf und schnüffelte mit einem
Ausdruck der Verwunderung auf seinem Gesicht.

„Warum, David?", rief er schließlich. „Es ist Luft, so sicher ich
lebe. Warum? Warum? Was bedeutet das? Wo auf der Welt sind
wir? Was ist passiert?"

"Es bedeutet, dass wir wieder an der Oberfläche sind, Perry", rief
ich. "aber wo, ich weiß nicht. Ich habe sie noch nicht geöffnet.
War zu beschäftigt, dich wiederzubeleben. Herr, Mann, aber du
hattest ein enges Quietschen!"

"Sie sagen, wir sind wieder an der Oberfläche, David? Wie kann das sein? Wie lange bin ich bewusstlos gewesen?"

"nicht lange. Wir drehten uns in der eisschicht. Erinnerst du dich nicht an das plötzliche wirbeln unserer sitze? Danach war die bohrmaschine über dir anstatt unter dir. Wir haben es damals nicht bemerkt; aber ich erinnere mich jetzt daran. "

"sie wollen damit sagen, dass wir uns in der eisschicht zurückgedreht haben, david? Das ist nicht möglich. Der prospektor kann sich nur drehen, wenn seine nase von außen abgelenkt ist - durch eine äußere kraft oder einen widerstand - das lenkrad im inneren hätte sich als antwort bewegt das lenkrad hat sich nicht bewegt, david, seit wir angefangen haben.

Ich wusste es; aber hier rasten wir mit unserem Bohrer in reiner Luft, und es strömten reichlich Mengen davon in die Kabine.

"Wir hätten uns nicht in der Eisschicht drehen können, Perry, ich weiß so gut wie du", erwiderte ich. "Aber die Tatsache bleibt, dass wir es getan haben, denn hier sind wir wieder in dieser Minute an der Oberfläche der Erde und ich gehe raus, um zu sehen, wo genau."

"Warten Sie besser bis Morgen, David - es muss Mitternacht jetzt sein."

Ich warf einen Blick auf den Chronometer.

"halb eins nach zwölf. Wir waren zweiundsiebzig stunden weg, also muss es mitternacht sein. Trotzdem werde ich einen blick auf den gesegneten himmel werfen, auf den ich alle hoffnung aufgegeben hatte, ihn jemals wieder zu sehen", und so sagte ich aufgehoben die Stangen von der Innentür, und schwang es auf. Die Jacke enthielt ziemlich viel loses Material, und dieses musste ich mit einer Schaufel entfernen, um an die gegenüberliegende Tür in der Außenhülle zu gelangen.

In kurzer zeit hatte ich genug von der erde entfernt und auf den boden der kabine geschaukelt, um die tür dahinter freizulegen. Perry war direkt hinter mir, als ich es aufmachte. Die obere Hälfte befand sich über der Erdoberfläche. Mit einem überraschten ausdruck drehte ich mich um und sah perry an - es war helllicht ohne!

"Irgendetwas scheint entweder mit unseren Berechnungen oder dem Chronometer schiefgegangen zu sein", sagte ich. Perry schüttelte den Kopf - in seinen Augen lag ein seltsamer Ausdruck.

"Lass uns hinter diese Tür schauen, David", rief er.

Zusammen traten wir aus, um in stiller Betrachtung einer Landschaft gleichzeitig seltsam und schön zu stehen. Vor uns erstreckte sich ein niedriges und ebenes Ufer zu einem stillen Meer. So weit das Auge die Wasseroberfläche erreichen konnte, waren unzählige kleine Inseln übersät - einige aus hoch aufragendem, kahlem Granitgestein -, andere prangten in prächtigen Gefäßen tropischer Vegetation, unzählige mit der herrlichen Pracht lebhafter Blüten.

Hinter uns erhob sich ein dunkles und widerwärtiges Holz aus riesigen, schäumenden Farnen, die sich mit den üblichen Arten eines urzeitlichen Tropenwaldes vermischten. Riesige Kletterpflanzen hingen in großen Schleifen von Baum zu Baum, dichtes Unterholz wuchs über eine verwickelte Masse von umgestürzten Stämmen und Ästen. Am äußersten Rand konnten wir die gleiche prächtige Farbe zahlloser Blüten sehen, die die Inseln verherrlichten, aber in den dichten Schatten wirkten alle dunkel und düster wie das Grab.

Und am Mittag strömte die Sonne ihre heißen Strahlen aus einem wolkenlosen Himmel.

"Wo um alles in der Welt können wir sein?" fragte ich und drehte mich zu Perry um.

Für einige Momente antwortete der alte Mann nicht. Er stand mit gesenktem Kopf in Gedanken versunken da. Aber endlich sprach er.

"david", sagte er, "ich bin nicht so sicher, ob wir auf der erde sind."

"Was meinst du, Perry?" ich weinte. "Glauben Sie, dass wir tot sind und dies der Himmel ist?" er lächelte und drehte sich um und zeigte auf die Nase des Prospektors, der auf unserem Rücken aus dem Boden ragte.

"aber dafür, david, könnte ich glauben, dass wir tatsächlich jenseits des styx in das land gekommen sind. Der prospektor macht diese theorie unhaltbar - es hätte sicherlich niemals in den himmel kommen können. Aber ich bin gewillt zuzugeben, dass wir das tatsächlich können Sei in einer anderen Welt, von der wir immer gewusst haben. Wenn wir nicht auf Erden sind, gibt es allen Grund zu der Annahme, dass wir in dieser Welt sind. "

"Vielleicht haben wir uns durch die Erdkruste geviertert und sind auf eine tropische Insel in Westindien gestoßen", schlug ich vor. Wieder schüttelte Perry den Kopf.

"Lass uns abwarten und sehen, David", erwiderte er, "und in der Zwischenzeit nehmen wir an, wir erforschen ein Stück die Küste auf und ab - wir finden vielleicht einen Eingeborenen, der uns aufklären kann."

Als wir am Strand entlang gingen, schaute Perry lange und ernsthaft über das Wasser. Offensichtlich rang er mit einem gewaltigen Problem.

"david", sagte er abrupt, "siehst du etwas ungewöhnliches am horizont?"

Als ich mich umsah, begann ich den Grund für die Seltsamkeit der Landschaft zu erkennen, die mich von Anfang an mit einer illusorischen Andeutung von Bizarrem und Unnatürlichem heimgesucht hatte - es gab keinen Horizont! So weit das Auge reichte, schwamm das Meer weiter und auf seinem Busen schwammen winzige Inseln, die in der Ferne zu bloßen Flecken verkleinert waren. Aber immer jenseits von ihnen war das Meer, bis der Eindruck ganz real wurde, dass man an dem entferntesten Punkt aufblickte, den die Augen ergründen konnten - die Entfernung war in der Ferne verloren. Das war alles - es gab keine klare horizontale Linie, die die Neigung des Globus unterhalb der Sichtlinie markierte.

"Ein großes Licht fängt an, auf mir zu brechen", fuhr perry fort und nahm seine Uhr heraus. "Ich glaube, dass ich das Rätsel teilweise gelöst habe. Es ist jetzt zwei Uhr. Als wir aus dem Prospektor auftauchten, stand die Sonne direkt über uns. Wo ist sie jetzt?"

Ich blickte auf und fand die große Kugel immer noch regungslos in der Mitte des Himmels. Und so eine Sonne! Ich hatte es vorher kaum bemerkt. Dreimal so groß wie die Sonne, die ich in meinem Leben gekannt hatte, und anscheinend so nah, dass der Anblick die Überzeugung mit sich brachte, man könne fast nach oben greifen und sie berühren.

"Mein Gott, Perry, wo sind wir?" rief ich aus. "Dieses Ding geht mir langsam auf die Nerven."

"Ich denke, ich kann ganz positiv sagen, David", begann er, "dass wir ...", aber er kam nicht weiter. Hinter uns in der Nähe des Prospektors ertönte das donnerndste, beeindruckendste Brüllen, das mir jemals auf die Ohren gefallen war. Mit einem Schlag entdeckten wir den Urheber dieses furchterregenden Geräusches.

Hätte ich immer noch den Verdacht gehabt, dass wir auf Erden sind, hätte der Anblick, der meinen Augen begegnete, es ganz und gar verbannt. Aus dem Wald tauchte ein kolossales Tier auf, das einem Bären sehr ähnlich sah. Es war so groß wie der größte Elefant und hatte große Vorderpfoten, die mit riesigen Krallen bewaffnet waren. Seine Nase oder Schnauze hing fast einen Fuß unter seinem Unterkiefer, sehr nach Art eines rudimentären Rumpfes. Der riesige Körper war von dichtem, zotteligem Haar bedeckt.

Schrecklich brüllend kam es mit einem schwerfälligen, schlurfenden Trab auf uns zu. Ich wandte mich an Perry, um zu suggerieren, dass es ratsam sein könnte, nach einer anderen Umgebung zu suchen. Offensichtlich war Perry auf die Idee gekommen, denn er war bereits hundert Schritte entfernt, und mit jeder Sekunde vergrößerten seine gewaltigen Grenzen die Entfernung. Ich hatte nie erraten, welche latenten Geschwindigkeitsmöglichkeiten der alte Herr besaß.

Ich sah, dass er auf einen kleinen Punkt des Waldes zusteuerte, der in Richtung Meer lief, unweit von dem Punkt, an dem wir gestanden hatten, und als die mächtige Kreatur, deren Anblick ihn zu solch einer bemerkenswerten Aktion angeregt hatte, stetig auf ihn zu ich mache mich nach perry auf den weg, wenn auch in einem etwas schickeren tempo. Es war offensichtlich, dass die massive Bestie, die uns verfolgte, nicht auf Geschwindigkeit ausgelegt war. Alles, was ich für notwendig hielt, war, die Bäume so weit vor sich zu haben, dass ich in die Sicherheit eines großen Astes klettern konnte, bevor er aufstieg.

Trotz unserer Gefahr konnte ich nicht anders, als über Perrys verzweifelte Kapern zu lachen, als er versuchte, die Sicherheit der unteren Äste der Bäume zu erlangen, die er jetzt erreicht hatte. Die Stängel waren ungefähr fünfzehn Fuß lang kahl - zumindest auf den Bäumen, die Perry zu besteigen versuchte, denn der Hinweis auf Sicherheit, den der größere der Waldriesen trug, hatte ihn offensichtlich zu ihnen hingezogen. Ein Dutzend Mal krabbelte er wie eine riesige Katze durch die Stämme, um dann wieder auf den Boden zu fallen, und warf bei jedem Misserfolg einen entsetzten Blick über die Schulter auf den entgegenkommenden Rohling, der gleichzeitig entsetzte Schreie ausstrahlte, die das Echo von auslösten der düstere Wald.

Endlich entdeckte er einen baumelnden Schlingel über die Größe seines Handgelenks, und als ich die Bäume erreichte, rannte er wahnsinnig Hand in Hand darauf zu. Er hatte fast den untersten Ast des Baumes erreicht, von dem der Schlingpflanze abhing, als sich das Ding unter seinem Gewicht löste und er mir zu Füßen fiel.

Das Unglück war jetzt nicht mehr amüsant, denn das Tier war uns schon zu nahe, um es zu trösten. Ich packte perry an der schulter, zog ihn auf die füße und eilte zu einem kleineren baum, den er leicht mit armen und beinen umkreisen konnte. Ich schob ihn so weit wie möglich nach oben und überließ ihn dann seinem schicksal, z Ein Blick über meine Schulter zeigte das schreckliche Tier fast auf mich.

Es war die große Größe des Dings, die mich rettete. Seine enorme Masse machte es zu langsam auf den Beinen, um mit der Beweglichkeit meiner jungen Muskeln fertig zu werden, und so war es mir möglich, aus dem Weg zu gehen und vollständig hinter ihm herzulaufen, bevor sein langsamer Verstand es auf die Jagd lenken konnte.

Die wenigen Sekunden der Gnade, die mir dies bescherte, fanden mich sicher in den Zweigen eines Baumes, ein paar Schritte von dem entfernt, in dem Perry endlich einen Zufluchtsort gefunden hatte.

Habe ich gesagt, sicher untergebracht? Damals dachte ich, wir wären in Sicherheit, und Perry auch. Er betete - hob seine Stimme zum Dank anlässlich unserer Befreiung - und hatte gerade eine Art Dankeschön vollbracht, dass das Ding keinen Baum besteigen konnte, als es sich ohne Vorwarnung unter ihm auf seinen riesigen Schwanz- und Hinterpfoten aufrichtete und erreichte Diese ängstlich bewaffneten Pfoten reichten bis zu dem Ast, auf dem er hockte.

Das dazugehörige Gebrüll war in Perry's Schreckensschrei so gut wie ertrunken, und er näherte sich kopfüber dem Sturz in die klaffenden Kiefer unter ihm, so heftig war seine ungestüme Eile, das gefährliche Glied zu räumen. Mit einem tiefen Seufzer der Erleichterung sah ich, dass er einen höheren Zweig in Sicherheit bekam.

Und dann tat der Rohling das, was uns beide erneut vor Entsetzen erstarrte. Er packte den Stamm des Baumes mit seinen kräftigen Pfoten und zog ihn mit dem großen Gewicht seiner riesigen Masse und der unwiderstehlichen Kraft dieser mächtigen Muskeln nach unten. Langsam aber sicher beugte sich der Stiel auf ihn zu. Zentimeter für Zentimeter hob er die Pfoten, als sich der Baum mehr und mehr aus der Senkrechten neigte. Perry klammerte sich in einer Panik des Terrors. Höher und höher in den sich biegenden und wiegenden Baum kletterte er. Immer schneller neigte sich die Baumkrone zum Boden.

Ich sah jetzt, warum der große Rohling mit so riesigen Pfoten bewaffnet war. Der Gebrauch, den er ihnen gab, war genau der, für den die Natur sie beabsichtigt hatte. Die faultierartige Kreatur war pflanzenfressend, und um diesen mächtigen Kadaver zu füttern, müssen ganze Bäume von ihrem Laub befreit werden. Der Grund für seinen Angriff auf uns könnte leicht auf die Annahme einer hässlichen Veranlagung wie derjenigen zurückgeführt werden, die das wilde und dumme Nashorn Afrikas besitzt. Aber das waren spätere Überlegungen. Im moment war ich zu verzweifelt mit der besorgnis im namen von perry, um etwas anderes als ein mittel in betracht zu ziehen, um ihn vor dem tod zu retten, der sich so nah abzeichnete.

Als mir klar wurde, dass ich mich dem plumpen Tier im Freien entziehen konnte, ließ ich mich von meinem grünen Rückzugsort los, nur um die Aufmerksamkeit des Dings lange genug von Perry abzulenken, damit der alte Mann die Sicherheit eines größeren Baumes erlangen konnte. Es gab viele in der Nähe, an denen sich nicht einmal die unglaubliche Kraft dieses titanischen Monsters biegen konnte.

Als ich den Boden berührte, riss ich ein gebrochenes Glied aus der verwickelten Masse, die den dschungelartigen Boden des Waldes verfilzte, und versetzte dem Rohling, der unbemerkt hinter den zotteligen Rücken sprang, einen furchtbaren Schlag. Mein Plan wirkte wie Magie. Von der vorherigen Langsamkeit des Tieres war ich dazu gebracht worden, nach einer solch wunderbaren Beweglichkeit zu suchen, wie er sie jetzt anzeigte. Nachdem er den Baum losgelassen hatte, ließ er sich auf alle viere fallen und schwang gleichzeitig seinen großen, bösen Schwanz mit einer Kraft, die mir jeden Knochen in meinem Körper gebrochen hätte, wenn er mich getroffen hätte. Aber zum glück hatte ich mich sofort zur flucht gewandt, als ich spürte, wie mein schlag auf dem rücken landete.

Als es anfing, mich zu verfolgen, machte ich den Fehler, am Waldrand entlang zu rennen, anstatt zum offenen Strand zu rennen. In einem Moment war ich knietief in verrottender Vegetation, und das Schreckliche hinter mir gewann schnell an

Bedeutung, als ich zappelte und in meinen Bemühungen fiel, mich selbst zu befreien.

Ein umgestürzter Baumstamm verschaffte mir einen Augenblick des Vorteils, denn ich sprang ein paar Schritte weiter auf einen anderen Baumstamm und konnte mich auf diese Weise von dem Brei fernhalten, der den umgebenden Boden bedeckte. Aber der Zick-Zack-Kurs, den dies erforderte, belastete mich mit einem so schweren Handicap, dass mein Verfolger mich stetig angriff.

Plötzlich hörte ich von hinten ein Heulen und scharfes, durchdringendes Bellen - so viel wie das Geräusch, das ein Rudel Wölfe aufwirft, wenn es voll weint. Unwillkürlich blickte ich zurück, um den ursprung dieser neuen und bedrohlichen note zu entdecken, mit der folge, dass ich meinen fuß verpasste und mich im tiefen dreck wieder auf meinem gesicht ausbreitete.

Mein Mammutfeind war zu diesem Zeitpunkt so nahe, dass ich wusste, dass ich das Gewicht einer seiner schrecklichen Pfoten spüren musste, bevor ich mich erheben konnte, aber zu meiner Überraschung traf mich der Schlag nicht. Das Heulen und Knacken und Bellen des neuen Elements, das in den Nahkampf hineingegossen worden war, schien jetzt ziemlich dicht hinter mir zu sein, und als ich mich auf die Hände hob und mich umsah, sah ich, was den Dyryth abgelenkt hatte, wie ich es später tat Ich habe von meiner Spur erfahren, wie das Ding heißt.

Es war umgeben von einem Rudel von ein paar hundert wolfsähnlichen Kreaturen - wilde Hunde, wie sie schienen -, die knurrten und von allen Seiten her einschnappten, so dass sie ihre weißen Reißzähne in den langsamen Rohling versenkten und wieder weg waren, bevor er sie erreichen konnte Sie mit ihren riesigen Pfoten oder dem schwungvollen Schwanz.

Aber das war nicht alles, was meine erschrockenen Augen wahrnahmen. Plappern und Knabbern durch die unteren Zweige der Bäume drängte eine Gruppe von menschenähnlichen Kreaturen offenbar auf den Hunderudel. Sie waren anscheinend dem neger afrikas auffallend ähnlich. Ihre Haut war sehr schwarz, und ihre Gesichtszüge ähnelten denen des ausgeprägteren Negroidentyps, mit der Ausnahme, dass der Kopf schneller über die Augen zurückging und wenig oder keine Stirn hinterließ. Ihre Arme waren eher länger und ihre Beine im Verhältnis zum Oberkörper kürzer als beim Menschen. Später bemerkte ich, dass ihre großen Zehen rechtwinklig von ihren Füßen abstanden - vermutlich wegen ihrer Baumgewohnheiten. Hinter ihnen hingen lange, schlanke Schwänze, mit denen sie genauso oft kletterten wie mit Händen oder Füßen.

Ich war auf die Beine gestolpert, als ich entdeckte, dass die Wolfshunde den Dyryth in Schach hielten. Als ich mich sah, ließen einige der wilden Kreaturen die Sorge aus, dass der große Rohling mit bloßen Zähnen auf mich zukam, und als ich mich umdrehte, um wieder zu den Bäumen zu rennen, um mich zwischen den unteren Ästen zu retten, sah ich eine Reihe von Männern. Affen springen und klappern im Laub des nächsten Baumes.

Zwischen ihnen und den Tieren hinter mir gab es kaum eine Wahl, aber es bestand zumindest ein Zweifel daran, ob diese grotesken Parodien auf die Menschheit mir zustimmen würden, während es keine gab, was mich unter den grinsenden Zähnen meiner Wut erwartete Verfolger.

Und so rannte ich weiter zu den Bäumen, die beabsichtigten, unter dem hindurchzugehen, das die menschlichen Dinge enthielt, und Zuflucht in einem anderen weiter zu suchen; aber die wolfshunde waren sehr nahe hinter mir - so nahe, dass ich verzweifelt war, ihnen zu entkommen, als eine der Kreaturen im Baum oben kopfüber nach unten schwang, sein Schwanz sich um ein großes Glied schlang und mich unter meinen Achseln packte in Sicherheit unter seinen Kameraden.

Dort mussten sie mich mit größter Aufregung und Neugier untersuchen. Sie haben an meiner Kleidung, meinen Haaren und meinem Fleisch gepflückt. Sie drehten mich herum, um zu sehen, ob ich einen Schwanz hatte, und als sie entdeckten, dass ich nicht so ausgerüstet war, brüllten sie vor Lachen. Ihre Zähne waren sehr groß und weiß und gleichmäßig, bis auf die oberen Eckzähne, die ein bisschen länger waren als die anderen - und nur ein wenig hervorstanden, wenn der Mund geschlossen war.

Als sie mich ein paar Augenblicke lang untersucht hatten, stellte einer von ihnen fest, dass meine Kleidung kein Teil von mir war, so dass sie mir Kleidungsstücke für Kleidungsstücke inmitten wildesten Lachens von mir riss. Apelike, sie versuchten, das Kleid selbst anzuziehen, aber ihr Einfallsreichtum reichte für die Aufgabe nicht aus und so gaben sie es auf.

In der Zwischenzeit hatte ich meine Augen angestrengt, um einen Blick auf Birnen zu erhaschen, aber nirgendwo konnte ich ihn sehen, obwohl die Baumgruppe, in die er sich zuerst geflüchtet hatte, in voller Sicht war. Ich hatte große Angst, dass ihm etwas zugestoßen war, und obwohl ich seinen Namen mehrmals laut nannte, gab es keine Antwort.

Endlich müde vom Spielen mit meiner Kleidung warfen die Kreaturen sie auf den Boden und fingen mich, einer zu beiden Seiten, mit einem Arm in einem entsetzlichen Tempo durch die Baumwipfel. Ich habe noch nie zuvor oder seitdem eine solche Reise erlebt - auch jetzt wache ich oft aus einem tiefen Schlaf auf, der von der schrecklichen Erinnerung an diese schreckliche Erfahrung heimgesucht wird.

Von Baum zu Baum sprangen die beweglichen Kreaturen wie fliegende Eichhörnchen, während der kalte Schweiß auf meiner Stirn stand, als ich die Tiefen darunter erblickte, in die mich ein einziger Fehltritt eines meiner Träger schleuderte. Während sie mich mittrugen, beschäftigten sich meine Gedanken mit tausend verwirrenden Gedanken. Was war aus Perry geworden? Würde ich ihn jemals wiedersehen? Was waren die Absichten dieser halbmenschlichen Dinge, in deren Hände ich gefallen war? Waren sie Bewohner derselben Welt, in die ich hineingeboren worden war? Nein! Es könnte nicht sein. Aber wo noch? Ich hatte diese Erde nicht verlassen - da war ich mir sicher. Ich konnte immer noch nicht die Dinge in Einklang bringen, die ich gesehen hatte, um zu glauben, dass ich noch in der Welt meiner Geburt war. Mit einem Seufzer gab ich es auf.

Iii

Ein Meisterwechsel

Wir müssen mehrere Meilen durch den dunklen und düsteren Wald gereist sein, als wir plötzlich auf ein dichtes Dorf stießen, das hoch zwischen den Zweigen der Bäume gebaut worden war. Als wir näher kamen, brach meine Eskorte in wildes Geschrei aus, das sofort von innen beantwortet wurde, und einen Moment später strömte ein Schwarm von Kreaturen derselben seltsamen Rasse wie die, die mich gefangen hatten, auf uns zu. Wieder war ich das Zentrum einer wild schwatzenden Horde. Ich wurde so und so gezogen. Gekniffen, geklopft und geknallt, bis ich schwarz und blau war, aber ich glaube nicht, dass ihre Behandlung durch Grausamkeit oder Bosheit diktiert wurde - ich war eine Neugier, ein Freak, ein neues Spielzeug, und ihr kindlicher Verstand verlangte die zusätzlichen Beweise von alle ihre Sinne, um das Zeugnis ihrer Augen zu stützen.

Jetzt schleppten sie mich in das Dorf, das aus mehreren hundert unhöflichen Schutzhütten bestand, die aus Ästen und Blättern bestanden, die auf den Zweigen der Bäume standen.

Zwischen den Hütten, die manchmal krumme Straßen bildeten, befanden sich tote Äste und die Stämme kleiner Bäume, die die Hütten auf einem Baum mit denen in angrenzenden Bäumen verbanden; Das ganze Netz von Hütten und Wegen bildete einen fast festen Boden, der gut fünfzig Fuß über dem Boden lag.

Ich fragte mich, warum diese beweglichen Kreaturen Verbindungsbrücken zwischen den Bäumen benötigten, aber als ich später die bunte Ansammlung von halbwilden Tieren sah, die sie in ihrem Dorf hielten, erkannte ich die Notwendigkeit für die Wege. Es gab eine Reihe derselben bösartigen Wolfshunde, die wir den Dyryth besorgt hatten, und viele ziegenähnliche Tiere, deren aufgetriebene Euter die Gründe für ihre Anwesenheit erklärten.

Meine Wache blieb vor einer der Hütten stehen, in die ich hineingeschoben wurde. Dann hockten zwei der Kreaturen vor dem Eingang - um meine Flucht zweifellos zu verhindern. Obwohl, wohin ich hätte fliehen sollen, hatte ich mit Sicherheit nicht die geringste Vorstellung. Ich war nicht mehr als in die dunklen Schatten des Inneren eingetreten, als mir im Gebet die Töne einer vertrauten Stimme auf die Ohren fielen.

"perry!" ich weinte. "lieber alter perry! Danke dem Herrn, dass Sie sicher sind."

"David! Kann es möglich sein, dass du entkommen bist?" und der alte Mann stolperte auf mich zu und warf seine Arme um mich.

Er hatte mich vor dem Tod fallen sehen, und dann war er von einer Reihe von Affenwesen ergriffen und durch die Baumwipfel zu ihrem Dorf getragen worden. Seine Entführer waren ebenso neugierig gewesen wie seine seltsame Kleidung wie meine, mit demselben Ergebnis. Als wir uns ansahen, konnten wir nicht anders als zu lachen.

"mit einem Schwanz, David", bemerkte Perry, "würden Sie einen sehr schönen Affen machen."

"Vielleicht können wir uns ein paar ausleihen", erwiderte ich. Ich frage mich, was die Kreaturen mit uns vorhaben, Perry. Sie scheinen nicht wirklich wild zu sein. Was können sie wohl sein? Sie wollten mir gerade sagen, wo wir wann sind große haarige Fregatte drückte sich auf uns nieder - haben Sie überhaupt eine Idee? "

"Ja, David", antwortete er, "ich weiß genau, wo wir sind. Wir haben eine großartige Entdeckung gemacht, mein Junge! Wir haben bewiesen, dass die Erde hohl ist. Wir sind vollständig durch ihre Kruste in die innere Welt gegangen."

"Perry, du bist verrückt!"

"Überhaupt nicht, David. Zweihundertfünfzig Meilen lang hat uns unser Goldsucher durch die Kruste unter unserer Außenwelt getragen. An diesem Punkt erreichte er den Schwerpunkt der fünfhundert Meilen dicken Kruste. Bis zu diesem Punkt haben wir Die Richtung ist natürlich nur relativ. In dem Moment, in dem sich unsere Sitze drehten - der Moment, in dem Sie glaubten, wir hätten uns umgedreht und seien aufwärts gerast -, passierten wir den Schwerpunkt, obwohl wir dies nicht taten ändern Sie die Richtung unseres Fortschritts, und doch bewegten wir uns in Wirklichkeit nach oben - auf die Oberfläche der inneren Welt zu. Überzeugen Sie sich nicht von der seltsamen Fauna und Flora, die wir gesehen haben, dass Sie sich nicht in der Welt Ihrer Geburt befinden? - Könnte es die seltsamen

Aspekte darstellen, die wir beide bemerkt haben, wenn wir nicht tatsächlich auf der inneren Oberfläche einer Kugel standen? "

"aber die Sonne, Perry!" Ich drängte. "Wie in aller Welt kann die Sonne durch fünfhundert Meilen feste Kruste scheinen?"

"es ist nicht die sonne der äusseren welt, die wir hier sehen. Es ist eine andere sonne - eine ganz andere sonne - die ihren ewigen mittagsglanz auf das gesicht der inneren welt wirft. Sieh sie dir jetzt an, david - wenn du siehst es von der Tür dieser Hütte aus - und Sie werden sehen, dass es sich immer noch genau im Zentrum des Himmels befindet. Wir sind schon seit vielen Stunden hier - und doch ist es noch Mittag.

"und trotzdem ist es sehr einfach, david. Die erde war einst eine neblige masse. Sie kühlte ab und schrumpfte, als sie abkühlte. Endlich bildete sich eine dünne kruste fester masse auf ihrer äußeren oberfläche - eine art schale; aber in ihr war teilweise geschmolzene Materie und stark expandierte Gase. Als es weiter abkühlte, was geschah, schleuderte die Zentrifugalkraft die Partikel des Nebelzentrums so schnell in Richtung der Kruste, wie sie sich einem festen Zustand näherten. Sie haben dasselbe Prinzip gesehen, das in der Moderne praktisch angewendet wurde Cremeabscheider. Gegenwärtig befand sich nur noch ein kleiner überhitzter Kern gasförmiger Materie in einem riesigen leeren Innenraum, der durch die Kontraktion der kühlenden Gase übrig blieb. Die gleiche Anziehungskraft der festen Kruste aus allen Richtungen hielt diesen leuchtenden Kern genau in der Mitte von die hohle Kugel.Was davon übrig bleibt, ist die Sonne, die Sie heute gesehen haben - eine relativ kleine Sache im exakten Mittelpunkt der Erde. Gleichermaßen verteilt es in jedem Teil dieser inneren Welt sein ewiges Mittagslicht und seine glühende Hitze.

"Diese innere Welt muss sich ausreichend abgekühlt haben, um das Tierleben lange nach dem Erscheinen des Lebens auf der äußeren Kruste zu unterstützen, aber dass hier die gleichen Wirkungsmechanismen wirksam waren, zeigt sich an den ähnlichen Formen der Tier - und Pflanzenschöpfung, die wir bereits gesehen haben das große Tier, das uns zum Beispiel angegriffen hat, zweifellos ein Gegenstück zum Megatherium der Zeit nach dem Pliozän der äußeren Kruste, dessen versteinertes Skelett in Südamerika gefunden wurde. "

"Aber die grotesken Bewohner dieses Waldes?" Ich drängte. "Sicher haben sie kein Gegenstück in der Erdgeschichte."

"wer kann das sagen?" er kehrte zurück. "Sie können das Bindeglied zwischen Affen und Menschen darstellen, dessen Spuren von den unzähligen Krämpfen verschluckt wurden, die die äußere Kruste befallen haben, oder sie können lediglich das Ergebnis einer Entwicklung entlang leicht unterschiedlicher Linien sein - beides ist durchaus möglich."

Weitere Spekulationen wurden durch das Erscheinen einiger unserer Entführer vor dem Eingang der Hütte unterbrochen. Zwei von ihnen traten ein und zogen uns heraus. Die gefährlichen Wege und die umliegenden Bäume waren mit schwarzen Affenmännern, ihren Weibchen und ihren Jungen gefüllt. Es gab weder ein Ornament noch eine Waffe oder ein Kleidungsstück auf dem Grundstück.

"ziemlich niedrig in der Skala der Schöpfung", kommentierte Perry.

"Ziemlich hoch genug, um die Zwei mit uns zu spielen", antwortete ich. "Nun, was haben sie wohl mit uns vor?"

Wir lernten nicht lange. Wie bei unserer Reise ins Dorf wurden wir von ein paar mächtigen Kreaturen ergriffen und durch die Baumwipfel davongewirbelt, während um uns herum und in unserem Gefolge eine Horde glatter, plappernder, grinsender schwarzer Affen raste .

Zweimal verfehlten meine Träger ihren Halt, und mein Herz hörte auf zu schlagen, als wir in dem verworrenen Totholz darunter dem sofortigen Tod entgegenstürzten. Aber bei beiden Gelegenheiten streckten sich diese geschmeidigen, mächtigen Schwänze aus und fanden stützende Zweige, noch löste eine der Kreaturen ihren Griff nach mir. Tatsächlich schienen die Vorfälle für sie von keinem größeren Moment zu sein als das Stottern eines Zehs an einer Straßenkreuzung in der Außenwelt - sie lachten nur aufgeregt und rasten mit mir weiter.

Eine zeitlang fuhren sie durch den wald - wie lange ich nicht ahnen konnte, dass ich lernte, was mir später sehr eindringlich in den Sinn kam, dass die Zeit kein Faktor mehr ist, wenn der Moment, an dem man sie misst, aufhört zu existieren. Unsere Uhren waren weg und wir lebten unter einer stehenden Sonne. Schon war ich verwirrt, die zeit zu berechnen, die vergangen war, seit wir die kruste der inneren welt durchbrochen hatten. Es könnten Stunden oder Tage sein - wer auf der Welt könnte sagen, wo es immer Mittag war! Bei der Sonne war keine Zeit vergangen - aber nach meinem Urteil mussten wir einige Stunden in dieser fremden Welt gewesen sein.

Jetzt hörte der Wald auf und wir kamen auf eine ebene Ebene. Ein kurzes Stück vor uns stiegen ein paar niedrige felsige Hügel auf. Auf diese zu drängten uns unsere Entführer und führten uns nach kurzer Zeit durch einen engen Durchgang in ein winziges, kreisförmiges Tal. Hier machten sie sich an die Arbeit, und wir waren bald überzeugt, dass wir für einen anderen Zweck sterben würden, wenn wir nicht für einen römischen Feiertag sterben würden. Die Haltung unserer Entführer änderte sich sofort, als sie die natürliche Arena in den felsigen Hügeln betraten. Ihr Lachen hörte auf. Grimmige Wildheit prägte ihre bestialischen Gesichter - bloße Reißzähne bedrohten uns.

Wir wurden in die Mitte des Amphitheaters gestellt - die tausend Kreaturen, die einen großen Ring um uns bildeten. Dann wurde ein Wolfshund gebracht - Hyenodon Perry nannte es - und mit uns im Kreis herumgeworfen. Der Körper des Dings war so groß wie der eines ausgewachsenen Mastiffs, seine Beine waren kurz und kräftig und seine Kiefer breit und stark. Dunkles, zotteliges Haar bedeckte den Rücken und die Seiten, während Brust und Bauch ganz weiß waren. Als es auf uns zukam, zeigte es einen beeindruckenden Aspekt mit seinen hochgezogenen Lippen, die seine mächtigen Reißzähne entblößten.

Perry kniete nieder und betete. Ich bückte mich und hob einen kleinen Stein auf. Bei meiner Bewegung drehte sich das Biest ein wenig um und fing an, uns zu umkreisen. Offenbar war es zuvor ein Ziel für Steine gewesen. Die Affendinger tanzten auf und ab und trieben den Rohling mit wilden Schreien an, bis er uns schließlich angriff, als er sah, dass ich nicht geworfen hatte.

In andover und später in yale hatte ich mich auf das gewinnen von ballteams konzentriert. Mein Tempo und meine Kontrolle müssen über dem Normalen gelegen haben, denn ich habe in meinem letzten Studienjahr so viele Rekorde aufgestellt, dass mir für eines der großen Major-League-Teams etwas zugesagt wurde. Aber auf dem engsten Feld, mit dem ich jemals in der Vergangenheit konfrontiert worden war, hatte ich noch nie so ein Bedürfnis nach Kontrolle gehabt wie jetzt.

Als ich zur Entbindung aufkam, hielt ich meine Nerven und Muskeln unter absoluter Kontrolle, obwohl die grinsenden Kiefer mit unglaublicher Geschwindigkeit auf mich zukamen. Und dann ließ ich los, mit jeder Unze meines Gewichts, meiner Muskeln und meiner Wissenschaft hinter diesem Wurf. Der Stein traf den Hyänodon am Ende der Nase und ließ ihn auf seinem Rücken kegeln.

Im selben Moment ertönte ein Chor von Schreien und Geheul aus dem Kreis der Zuschauer, so dass ich für einen Moment dachte, dass die Verstimmung ihres Champions die Ursache war; aber dabei habe ich schnell gesehen, dass ich mich geirrt habe. Als ich hinsah, brachen die affendinge in alle richtungen zu den umliegenden hügeln und dann erkannte ich die wahre ursache für ihre störung. Hinter ihnen strömte ein Schwarm haariger Männer durch den Pass, der ins Tal führt - gorillaähnliche Wesen, die mit Speeren und Beilen bewaffnet waren und lange, ovale Schilde trugen. Sie setzten sich wie Dämonen auf die Affendinge, und vor ihnen floh der Hyänenknecht, der jetzt wieder zu Sinnen und Füßen gekommen war, vor Schreck. Wir fegten an den Verfolgten und Verfolgern vorbei, und die Haarigen gewährten uns nicht mehr als einen flüchtigen Blick, bis die Arena von ihren ehemaligen Bewohnern befreit worden war.dann kehrten sie zu uns zurück, und einer, der anscheinend Autorität unter ihnen hatte, wies uns an, mit ihnen gebracht zu werden.

Als wir aus dem Amphitheater in die große Ebene gegangen waren, sahen wir eine Karawane von Männern und Frauen - Menschen wie wir - und zum ersten Mal erfüllte Hoffnung und Erleichterung mein Herz, bis ich in der Überschwangigkeit meines Glücks hätte aufschreien können . Es ist wahr, dass sie eine halbnackte, wild erscheinende Ansammlung waren; aber sie waren zumindest so gestaltet wie wir selbst - sie hatten nichts Groteskes oder Schreckliches an sich als die anderen Kreaturen in dieser seltsamen, seltsamen Welt.

Aber als wir näher kamen, sanken unsere Herzen noch einmal, denn wir entdeckten, dass die armen Kerle Hals an Hals in einer langen Schlange gefesselt waren und dass die Gorillamänner ihre Wächter waren. Mit wenig Zeremonie wurde Perry und ich am Ende der Linie angekettet, und ohne weiteres wurde der unterbrochene Marsch wieder aufgenommen.

Bis zu diesem Zeitpunkt hatte die Aufregung uns beide wach gehalten; aber jetzt brachte die lästige Monotonie des langen Marsches durch die sonnenverwöhnte Ebene alle Qualen hervor, die sich aus einem lang verweigerten Schlaf ergaben. Immer weiter stolperten wir unter dieser hasserfüllten Mittagssonne. Wenn wir fielen, wurden wir mit einer scharfen Spitze gestoßen. Unsere Gefährten in Ketten sind nicht gestolpert. Sie gingen stolz aufrecht weiter. Gelegentlich tauschten sie Wörter in einer einsilbigen Sprache miteinander aus. Es war eine edel erscheinende Rasse mit wohlgeformten Köpfen und perfektem Körperbau. Die Männer waren schwer bärtig, groß und muskulös. Die Frauen, kleiner und anmutiger geformt, mit großen Mengen von Rabenhaaren, die sich auf ihren Köpfen zu losen Knoten verfangen hatten. Die Gesichtszüge beider Geschlechter waren gut proportioniert - es gab kein Gesicht unter ihnen, das man nach irdischen Maßstäben auch nur schlicht hätte bezeichnen können.sie trugen keine Ornamente; aber das erfuhr ich später aufgrund der Tatsache, dass ihre Entführer ihnen alles Wertvolle abgenommen hatten. Als Gewand besaßen die Frauen ein einzelnes Gewand aus hellem, fleckigem Fell, das der Haut eines Leoparden ähnelte. Diese trugen sie entweder ganz um die Taille von einem Lederband gestützt, so dass es teilweise unter dem Knie auf einer Seite hing, oder möglicherweise elegant über eine Schulter geschlungen. Ihre Füße waren mit Hautsandalen beschlagen. Die Männer trugen Lendentücher aus der Haut eines zotteligen Tieres, dessen lange Enden davor und dahinter fast bis zum Boden reichten. In einigen Fällen wurden diese Enden mit den starken Krallen des Tieres beendet, von dem die Häute genommen worden waren.als Gewand besaßen die Frauen ein einzelnes Gewand aus hellem, fleckigem Fell, das der Haut eines Leoparden ähnelte. Diese trugen sie entweder ganz um die Taille von einem Lederband gestützt, so dass es teilweise unter dem Knie auf einer Seite hing, oder möglicherweise elegant über eine Schulter geschlungen. Ihre Füße waren mit Hautsandalen beschlagen. Die Männer trugen Lendentücher aus der Haut eines zotteligen Tieres, dessen lange Enden davor und dahinter fast bis zum Boden reichten. In einigen Fällen wurden diese Enden mit den starken Krallen des Tieres beendet, von dem die Häute genommen worden waren.als Gewand besaßen die Frauen ein einzelnes Gewand aus hellem, fleckigem Fell, das der Haut eines Leoparden ähnelte. Diese trugen sie entweder ganz um die Taille von einem Lederband gestützt, so dass es teilweise unter dem Knie auf einer Seite hing, oder möglicherweise elegant über eine Schulter geschlungen. Ihre Füße waren mit Hautsandalen beschlagen. Die Männer trugen Lendentücher aus der Haut eines zotteligen Tieres, dessen lange Enden davor und dahinter fast bis zum Boden reichten. In einigen Fällen wurden diese Enden mit den starken Krallen des Tieres beendet, von dem die Häute genommen worden waren.so dass es an einer Seite teilweise unterhalb des Knies hing oder sich möglicherweise elegant über eine Schulter schlang. Ihre Füße waren mit Hautsandalen beschlagen. Die Männer trugen Lendentücher aus der Haut eines zotteligen Tieres, dessen lange Enden davor und dahinter fast bis zum Boden reichten. In einigen Fällen wurden diese Enden mit den starken Krallen des Tieres beendet, von dem die Häute genommen worden waren.so dass es an einer Seite teilweise unterhalb des Knies hing oder sich möglicherweise elegant über eine Schulter schlang. Ihre Füße waren mit Hautsandalen beschlagen. Die Männer trugen Lendentücher aus der Haut eines zotteligen Tieres, dessen lange Enden davor und dahinter fast bis zum Boden reichten. In einigen Fällen wurden diese Enden mit den starken Krallen des Tieres beendet, von dem die Häute genommen worden waren.

Unsere Wachen, die ich bereits als gorillaähnliche Männer beschrieben habe, waren etwas leichter gebaut als ein Gorilla, aber sie waren in der Tat mächtige Wesen. Ihre Arme und Beine entsprachen mehr den menschlichen Maßstäben, aber ihr gesamter Körper war mit zotteligen, braunen Haaren bedeckt, und ihr Gesicht war genauso brutal wie das der wenigen ausgestopften Exemplare des Gorillas, die ich in den Museen gesehen hatte Zuhause.

Ihr einziges erlösendes Merkmal lag in der Entwicklung des Kopfes über und hinter den Ohren. In dieser Hinsicht waren sie kein bisschen weniger menschlich als wir. Sie waren in eine Art Tunika aus hellem Stoff gekleidet, die bis zu den Knien reichte. Darunter trugen sie nur ein Lendentuch aus demselben Material, während ihre Füße mit dickem Fell von einem Mammutgeschöpf dieser inneren Welt beschlagen waren.

Ihre Arme und Hälse waren von vielen Verzierungen aus Metall umgeben - vorwiegend aus Silber - und auf ihren Tuniken waren die Köpfe winziger Reptilien in seltsamen und eher künstlerischen Mustern eingenäht. Sie unterhielten sich, als sie zu beiden Seiten von uns marschierten, aber in einer Sprache, die ich als anders empfand als die, die unsere Mitgefangenen verwendeten. Als sie sich an letzteres wandten, benutzten sie eine scheinbar dritte sprache, und die ich später lernte, ist eine mischsprache, die dem pidgin-englisch des chinesischen coolies ziemlich analog ist.

Wie weit wir marschierten, habe ich keine Ahnung, noch hat Perry. Wir beide haben die meiste Zeit stundenlang geschlafen, bevor eine Pause eingelegt wurde - dann sind wir uns in die Quere gekommen. Ich sage "stundenlang", aber wie kann man die Zeit messen, wenn es keine Zeit gibt? Als unser Marsch begann, stand die Sonne im Zenit. Als wir anhielten, wiesen unsere Schatten immer noch auf Nadir. Ob ein Augenblick oder eine Ewigkeit der irdischen Zeit vergangen ist, wer kann sagen. Dieser Marsch könnte neun Jahre und elf Monate der zehn Jahre in Anspruch genommen haben, die ich in der inneren Welt verbracht habe, oder er könnte in Bruchteilen von Sekunden durchgeführt worden sein - ich kann es nicht sagen. Aber das weiß ich, seit du mir erzählt hast, dass zehn Jahre vergangen sind, seit ich von dieser Erde abgereist bin, habe ich jeglichen Respekt vor der Zeit verloren - ich beginne zu bezweifeln, dass so etwas anders existiert als in dem schwachen, endlichen Verstand des Menschen .

Iv

Dian der Schöne

Als unsere Wachen uns aus dem Schlaf weckten, waren wir sehr erfrischt. Sie gaben uns Essen. Es waren getrocknete Fleischstreifen, aber sie brachten neues Leben und neue Kraft in uns, so dass auch wir jetzt mit hohen Köpfen marschierten und edle Schritte unternahmen. Zumindest tat ich das, denn ich war jung und stolz; Aber die arme Birne hasste es, zu Fuß zu gehen. Auf der Erde hatte ich oft gesehen, wie er ein Taxi gerufen hatte, um einen Platz zu bereisen - er bezahlte jetzt dafür, und seine alten Beine wackelten, so dass ich meinen Arm um ihn legte und ihn zur Hälfte durch das Gleichgewicht dieser schrecklichen Märsche trug.

Endlich begann sich das Land zu verändern, und wir schlängelten uns durch mächtige Berge aus jungfräulichem Granit aus der Ebene. Das tropische Grün des Tieflands wurde durch eine härtere Vegetation ersetzt, aber auch hier zeigten sich die Auswirkungen von konstanter Hitze und Licht in der Unermesslichkeit der Bäume und der Fülle von Laub und Blüten. Kristallbäche brausten durch ihre felsigen Kanäle, gespeist vom ewigen Schnee, den wir weit über uns sehen konnten. Über den schneebedeckten Höhen hingen dichte Wolkenmassen. Es waren diese, erklärte Perry, die offenbar dem doppelten Zweck dienten, den schmelzenden Schnee wieder aufzufüllen und ihn vor den direkten Sonnenstrahlen zu schützen.

Zu diesem Zeitpunkt hatten wir einen Teil der Bastardsprache, in der unsere Wachen uns anredeten, aufgegriffen und waren in der charmanten Sprache unserer Mitgefangenen auf dem richtigen Weg. Direkt vor mir in der Kettenbande war eine junge Frau. Drei Fuß Ketten verbanden uns zu einer erzwungenen Kameradschaft, über die ich mich zumindest bald freute. Ich fand sie zu einer willigen Lehrerin, und von ihr lernte ich die Sprache ihres Stammes und viel vom Leben und den Bräuchen des Inneren Welt - zumindest der Teil, mit dem sie vertraut war.

Sie erzählte mir, dass sie Dian die Schöne genannt wurde und dass sie dem Stamm der Amoz angehörte, der in den Klippen über dem Darel Az oder dem flachen Meer wohnt.

"Wie bist du hierher gekommen?" ich habe sie gebeten.

"Ich bin vor Jubal dem Hässlichen davongelaufen", antwortete sie, als wäre das eine Erklärung, die völlig ausreicht.

"Wer ist der hässliche Jubel?" Ich habe gefragt. "und warum bist du von ihm weggelaufen?"

Sie sah mich überrascht an.

"Warum rennt eine Frau vor einem Mann davon?" Sie beantwortete meine Frage mit einem anderen.

"Sie wissen nicht, woher ich komme", antwortete ich. "Manchmal rennen sie ihnen nach."

Aber sie konnte nicht verstehen. Ich konnte sie auch nicht dazu bringen, die Tatsache zu begreifen, dass ich aus einer anderen Welt stamme. Sie war sich ebenso sicher, dass die Schöpfung ausschließlich dazu bestimmt war, ihre eigene Art und die Welt, in der sie lebte, hervorzubringen, wie es viele in der Außenwelt sind.

"aber jubal", beharrte ich. "Erzähl mir von ihm und warum du weggelaufen bist, um am Hals gefesselt und über das Gesicht einer Welt gegeißelt zu werden."

"Jubal, der Hässliche, stellte seine Trophäe vor das Haus meines Vaters. Es war der Kopf eines mächtigen Tandors. Es blieb dort und keine größere Trophäe wurde daneben gelegt. Also wusste ich, dass Jubal, der Hässliche, kommen und mich als seinen Gefährten nehmen würde Kein anderer Mächtiger wünschte mir, oder sie hätten ein mächtigeres Tier getötet und mich damit aus dem Jubel gewonnen. Mein Vater ist kein mächtiger Jäger. Einmal war er es, aber ein Sadok warf ihn und hatte nie wieder den vollen Nutzen für ihn Von seinem rechten Arm war mein Bruder, der Starke, in das Land der Sari gegangen, um sich einen Gefährten zu stehlen, also gab es keinen, keinen Vater, Bruder oder Liebhaber, der mich vor dem hässlichen Jubel rettete, und ich lief weg und versteckte sich zwischen den Hügeln, die das Land von Amoz umsäumen, und dort fanden mich diese Sagoten und machten mich gefangen. "

"Was werden sie mit dir machen?" Ich habe gefragt. "Wohin bringen sie uns?"

Wieder sah sie ungläubig aus.

"Ich kann fast glauben, dass Sie von einer anderen Welt sind", sagte sie, "denn ansonsten war diese Unwissenheit unerklärlich. Meinst du wirklich, dass Sie nicht wissen, dass die Sagoths die Kreaturen der Mahars sind - der mächtigen Mahars, die glauben, sie zu besitzen?" pellucidar und alles, was auf seiner Oberfläche wandelt oder wächst oder sich darunter kriecht oder wühlt oder in seinen Seen und Ozeanen schwimmt oder durch die Luft fliegt? Dann wirst du mir sagen, dass du noch nie von den Mahars gehört hast! "

Ich war abgeneigt, es zu tun, und weiter ihre Verachtung zu erleiden; Aber es gab keine Alternative, wenn ich Wissen aufsaugen würde, und so machte ich aus meiner erbärmlichen Unwissenheit über die mächtigen Mahars eine saubere Brust. Sie war schockiert. Aber sie tat ihr Bestes, um mich aufzuklären, obwohl vieles, was sie sagte, so griechisch wäre, für sie gewesen. Sie beschrieb die Mahars weitgehend durch Vergleiche. Auf diese Weise glichen sie den Thipdars, auf diese Weise den haarlosen Lidi.

Alles, was ich von ihnen erfuhr, war, dass sie ziemlich abscheulich waren, Flügel und Schwimmhäute hatten. Lebte in unterirdischen Städten; konnte über weite Strecken unter Wasser schwimmen und war sehr, sehr weise. Die Sagoths waren ihre Waffen der Beleidigung und Verteidigung, und die Rassen wie sie waren ihre Hände und Füße - sie waren die Sklaven und Diener, die die ganze Handarbeit verrichteten. Die Mahars waren die Köpfe - die Gehirne - der inneren Welt. Ich sehnte mich nach dieser wundersamen Rasse von Übermenschen.

Perry lernte die Sprache mit mir. Wenn wir anhielten, wie wir es gelegentlich taten, mischte er sich in die Unterhaltung ein, obwohl die Unterbrechungen manchmal ewig auseinander zu liegen schienen, ebenso wie der haarige, der kurz vor Dian dem Schönen angekettet war. Vor Ghak war Hooja der Schlaue. Gelegentlich mischte sich auch er in das Gespräch ein. Die meisten seiner Äußerungen richteten sich an Dian den Schönen. Es dauerte kein halbes Auge, um zu sehen, dass er einen schlimmen Fall entwickelt hatte; aber das Mädchen schien seine kaum verhüllten Fortschritte überhaupt nicht zu bemerken. Sagte ich dünn verschleiert? Es gibt eine menschenrasse in neuseeland oder australien, die ich vergessen habe und die ihre vorliebe für die dame ihrer zuneigung angeben, indem sie ihr mit einem knüppel über den kopf schlagen. Im vergleich zu dieser methode könnte man hoojas liebesspiel als dünn verschleiert bezeichnen.am anfang errötete ich heftig, obwohl ich einige alte jahre bei rektoren und an anderen weniger modischen orten am broadway, in wien und hamburg verbracht habe.

Aber das Mädchen! Sie war großartig. Es war leicht zu sehen, dass sie sich als völlig über und abgesehen von ihrer gegenwärtigen Umgebung und Gesellschaft betrachtete. Sie sprach mit mir, mit Perry und mit dem schweigenden Ghak, weil wir respektvoll waren. Aber sie konnte nicht einmal hooja die Schlaue sehen, geschweige denn ihn hören, und das machte ihn wütend. Er versuchte, einen der Sagoths dazu zu bringen, das Mädchen in der Sklavenbande vor sich her zu bewegen, aber der Bursche stieß ihn nur mit seinem Speer an und sagte ihm, dass er das Mädchen für sein eigenes Eigentum ausgesucht hatte - von dem er sie kaufen würde die mahars, sobald sie phutra erreichten. Phutra schien die Stadt unseres Ziels zu sein.

Nachdem wir die erste Gebirgskette überquert hatten, säumten wir ein Salzmeer, auf dessen Busen unzählige schreckliche Dinge schwammen. Es gab da seehundartige Kreaturen mit langen Hälsen, die sich über ihre riesigen Körper erstreckten und deren Schlangenköpfe von klaffenden Mündern mit unzähligen Reißzähnen gespalten waren. Es gab auch riesige Schildkröten, die zwischen diesen anderen Reptilien paddelten, von denen Perry sagte, sie seien Plesiosaurier der Lias. Ich habe seine wahrheit nicht in frage gestellt - es könnte fast alles gewesen sein.

Dian sagte mir, es handele sich um Tandorazes oder Tandoren des Meeres, und das andere und furchterregendere Reptilien, die gelegentlich aus der Tiefe auftauchten, um mit ihnen zu kämpfen, waren Azdyryths oder Sea-Dyryths - Perry nannte sie Ichthyosaurier. Sie ähnelten einem Wal mit dem Kopf eines Alligators.

Ich hatte vergessen, wie wenig geologie ich in der schule studiert hatte - alles, was übrig blieb, war ein erschreckender eindruck, den die illustrationen von restaurierten prähistorischen monstern auf mich hinterlassen hatten, und ein klarer glaube, dass jeder mann einen schweineschaft und eine lebhafte vorstellung hat konnte fast jedes paläolithische Monster, das er für richtig hielt, "restaurieren" und als erstklassiger Paläontologe gelten. Aber als ich diese schlanken, glänzenden Kadaver sah, die im Sonnenlicht schimmerten, als sie aus dem Ozean auftauchten und ihre riesigen Köpfe schüttelten; Als ich sah, wie das Wasser in kleinen Wasserfällen aus ihren gewundenen Körpern rollte, als sie hin und her glitten, jetzt auf der Oberfläche, jetzt halb unter Wasser; als ich sie treffen sah, mit offenem Mund, zischend und schnaubend, wurde mir klar, wie nutzlos die Armen des Menschen sind,schwache Vorstellungskraft im Vergleich zum unglaublichen Genie der Natur.

Und perry! Er war absolut verblüfft. Er hat es selbst gesagt.

"David", bemerkte er, nachdem wir lange an diesem schrecklichen Meer entlang marschiert waren. "david, ich habe früher geologie unterrichtet, und ich dachte, ich glaube, was ich unterrichtet habe; aber jetzt sehe ich, dass ich es nicht geglaubt habe - dass es für den menschen unmöglich ist, solche dinge zu glauben, wenn er sie nicht mit eigenen augen sieht Wir halten die Dinge vielleicht für selbstverständlich, weil sie uns immer wieder erzählt werden und wir keine Möglichkeit haben, sie zu widerlegen - wie zum Beispiel Religionen -, aber wir glauben ihnen nicht, wir glauben es nur, wenn Sie es jemals tun Wenn Sie zur Außenwelt zurückkehren, werden Sie feststellen, dass die Geologen und Paläontologen Sie als Erste zum Lügner machen, denn sie wissen, dass es keine Kreaturen gibt, die sie jemals restaurieren imaginäre Epoche - aber jetzt?

Am nächsten halt schaffte es hooja der schlaue, genug schlaffe kette zu finden, um sich ganz in der nähe von dian zu entwurmen. Wir standen alle, und als er sich dem Mädchen näherte, drehte sie ihm auf solch eine wahrhaft irdische weibliche Weise den Rücken zu, dass ich ein Lächeln kaum unterdrücken konnte; aber es war ein kurzlebiges Lächeln, denn in dem Moment fiel die Hand des Schlauen auf den nackten Arm des Mädchens und riss es grob auf ihn zu.

Ich war damals nicht mit den Gepflogenheiten oder der sozialen Ethik vertraut, die in Pellucidar vorherrschten. Aber trotzdem brauchte ich nicht den ansprechenden blick, den das mädchen mir aus ihren prächtigen augen schoss, um meinen späteren akt zu beeinflussen. Was die Absicht des Schlauen war, machte ich eine Pause, um nicht nachzufragen; Aber bevor er sie mit der anderen Hand anfassen konnte, platzierte ich ein Recht auf die Stelle seines Kiefers, die ihn in seine Spuren traf.

Die anderen Häftlinge und die Sagoths, die das kurze Drama miterlebt hatten, stießen einen Anflug von Zustimmung aus. Nicht, wie ich später erfuhr, weil ich mich für das Mädchen stark gemacht hatte, sondern für die saubere und für sie erstaunliche Methode, mit der ich Hooja besiegt hatte.

Und das Mädchen? Zuerst sah sie mich mit großen, verwunderten Augen an, dann senkte sie den Kopf, ihr Gesicht war halb abgewandt, und eine zarte Röte durchströmte ihre Wange. Für einen Moment stand sie so schweigend da, und dann hob sie den Kopf und drehte mir den Rücken zu, so wie sie es bei Hooja getan hatte. Einige der gefangenen lachten und ich sah das gesicht von ghak, der haarige wurde sehr schwarz, als er mich suchend ansah. Und was ich von Dian Wange sehen konnte, ging plötzlich von rot auf weiß.

Unmittelbar nachdem wir den Marsch wieder aufgenommen hatten, und obwohl mir klar wurde, dass ich Dian die Schöne in irgendeiner Weise beleidigt hatte, konnte ich sie nicht dazu zwingen, mit mir zu sprechen, um zu erfahren, wo ich mich geirrt hatte - tatsächlich hätte ich es genauso gut ansprechen können Eine Sphinx für all die Aufmerksamkeit, die ich bekam. Endlich trat mein dummer Stolz ein und verhinderte, dass ich weitere Versuche unternahm, und so wurde eine Kameradschaft, die mir, ohne dass ich es merkte, viel bedeutete, abgeschnitten. Danach habe ich mein gespräch auf perry beschränkt. Hooja erneuerte weder seine vorstöße gegen das mädchen, noch wagte er sich wieder in meine nähe.

Wieder wurde der müde und scheinbar endlose Marsch ein perfekter Albtraum des Grauens für mich. Je fester die Erkenntnis wurde, dass mir die Freundschaft des Mädchens so viel bedeutet hatte, desto mehr vermisste ich sie. Und je uneinnehmbarer die Barriere des dummen Stolzes. Aber ich war sehr jung und wollte ghak nicht nach der erklärung fragen, von der ich mir sicher war, dass sie er geben könnte, und das hätte alles wieder in ordnung bringen können.

Auf dem Marsch oder in den Pausen weigerte sich Dian, mich ständig zu bemerken - als ihre Augen in meine Richtung wanderten, schaute sie entweder über meinen Kopf oder direkt durch mich hindurch. Endlich wurde ich verzweifelt und entschlossen, mein Selbstwertgefühl zu schlucken, und bat sie erneut, mir zu sagen, wie ich beleidigt war und wie ich Wiedergutmachung leisten könnte. Ich entschied mich, dies beim nächsten Halt zu tun. Damals näherten wir uns einer anderen Gebirgskette, und als wir sie erreichten, kamen wir in einen mächtigen natürlichen Tunnel, eine Reihe von labyrinthischen Grotten, dunkel wie ein Erebus, anstatt sie durch einen hohen Pass zu durchqueren.

Die Wachen hatten keine Fackeln und kein Licht. Tatsächlich hatten wir kein künstliches Licht oder Zeichen von Feuer gesehen, seit wir Pellucidar betreten hatten. In einem land des ewigen mittags braucht es kein licht über der erde, aber ich wunderte mich, dass sie keine möglichkeit hatten, sich ihren weg durch diese dunklen unterirdischen durchgänge zu bahnen. So krochen wir mit viel Stolpern und Fallen im Schneckentempo dahin - die Wachen hielten einen Singsanggesang vor uns, durchsetzt mit bestimmten hohen Tönen, die ich immer als grobe Stellen und Wendungen ansah.

Zwischenstopps waren jetzt häufiger, aber ich wollte nicht mit Dian sprechen, bis ich an ihrem Gesichtsausdruck erkennen konnte, wie sie meine Entschuldigungen erhielt. Endlich warnte uns ein schwaches Leuchten vor dem Ende des Tunnels, wofür ich zutiefst dankbar war. Dann tauchten wir plötzlich im vollen Licht der Mittagssonne auf.

Aber mit ihm wurde mir plötzlich klar, was für mich eine echte Katastrophe bedeutete: Dian war verschwunden, und mit ihr ein halbes Dutzend weiterer Gefangener. Die Wachen sahen es auch, und die Wildheit ihrer Wut war schrecklich anzusehen. Ihre fantastischen, bestialischen Gesichter wurden in den teuflischsten Ausdrücken verzerrt, als sie sich gegenseitig die Verantwortung für den Verlust vorwarfen. Schließlich fielen sie über uns her und schlugen uns mit ihren Speerschäften und Beilen. Sie hatten bereits zwei in der Nähe des Kopfes der Linie getötet und wollten das Gleichgewicht von uns beendet haben, als ihr Anführer das brutale Gemetzel endlich zum Erliegen brachte. Niemals in meinem Leben hatte ich eine schrecklichere Ausstellung von Wildheit erlebt - ich dankte Gott, dass Dian nicht einer von denen gewesen war, die es ertragen hatten.

Von den zwölf gefangenen, die vor mir angekettet worden waren, war jeder alternative freigelassen worden, beginnend mit dian. Hooja war weg. Ghak blieb. Was könnte es bedeuten wie war es erreicht worden? Der Kommandant der Wachen untersuchte. Bald stellte er fest, dass die groben Schlösser, die

die Halsbänder festgehalten hatten, geschickt geknackt worden waren.

"hooja der schlaue", murmelte ghak, der nun neben mir in der schlange stand. "Er hat das Mädchen genommen, das du nicht hättest", fuhr er fort und sah mich an.

"das hätte ich nicht!" ich weinte. "Was meinst du?"

Er sah mich einen Moment lang genau an.

"Ich habe an deiner Geschichte gezweifelt, dass du aus einer anderen Welt kommst", sagte er schließlich, "aber aus keinem anderen Grund konnte deine Unkenntnis der Pellucidar-Methoden erklärt werden. Meinst du wirklich, dass du nicht weißt, dass du die beleidigt hast?" schön und wie? "

"Ich weiß nicht, Ghak", antwortete ich.

"Dann soll ich es dir sagen. Wenn ein Mann von Pellucidar zwischen einen anderen Mann und die Frau eingreift, die der andere Mann haben würde, gehört die Frau dem Sieger. Dian das Schöne gehört dir. Du hättest sie fordern oder freigeben sollen. Hättest du Wenn Sie ihre Hand genommen hätten, hätte dies Ihren Wunsch angezeigt, sie zu Ihrer Partnerin zu machen. Wenn Sie ihre Hand über den Kopf erhoben und dann fallen gelassen hätten, hätten Sie ihr keine Partnerin gewünscht und sie von allem befreit Verpflichtung gegenüber dir. Indem du es nicht tust, hast du ihr die größte Beleidigung auferlegt, die ein Mann einer Frau antun kann. Jetzt ist sie deine Sklavin. Kein Mann wird sie als Partnerin nehmen oder sie ehrenhaft nehmen, bis er dich überwunden hat im Kampf, und Männer wählen keine Sklavinnen als ihre Gefährten - zumindest nicht die Männer von Pellucidar. "

"Ich wusste es nicht, Ghak", rief ich. "ich wusste es nicht. Nicht für alle pellucidar hätte ich dian den schönen durch wort oder blick oder handlung von mir geschadet. Ich will sie nicht als meine sklavin. Ich will sie nicht als meine ..." aber hier hörte ich auf . Die Vision dieses süßen und unschuldigen Gesichts schwebte vor mir inmitten der weichen Nebel der Phantasie, und wo ich beim zweiten Mal geglaubt hatte, dass ich mich nur an die Erinnerung an eine sanfte Freundschaft klammerte, die ich verloren hatte, schien es nun doch gewesen zu sein Unloyalität zu ihr, gesagt zu haben, dass ich Dian die Schöne nicht als meine Gefährtin haben wollte. Ich hatte sie nur als willkommene Freundin in einer fremden, grausamen Welt gesehen. Selbst jetzt dachte ich nicht, dass ich sie liebte.

Ich glaube, Ghak muss die Wahrheit mehr in meinem Gesichtsausdruck als in meinen Worten gelesen haben, denn momentan legte er seine Hand auf meine Schulter.

"Mann einer anderen Welt", sagte er, "ich glaube dir. Lippen mögen lügen, aber wenn das Herz durch die Augen spricht, sagt es nur die Wahrheit. Dein Herz hat zu mir gesprochen. Ich weiß jetzt, dass du keinen Affront gegen Dian gemeint hast Die Schöne, sie gehört nicht zu meinem Stamm, aber ihre Mutter ist meine Schwester, sie weiß es nicht - ihre Mutter wurde vom Vater des Dian gestohlen, der mit vielen anderen aus dem Stamm der Amoz gekommen war, um mit uns für unsere Frauen zu kämpfen - am meisten schöne frauen von pellucidar, dann war ihr vater könig von amoz, und ihre mutter war tochter des königs von sari - zu deren macht es mir, seinem sohn, gelungen ist. Dian ist die tochter der könige, obwohl ihr vater seitdem nicht mehr könig ist der sadok warf ihn und jubelte, der hässliche riss ihm sein königreich ab. Wegen ihrer abstammung war das verkehrte, was du ihr angetan hast, in den augen aller, die es sahen, stark vergrößert.sie wird dir niemals vergeben. "

Ich fragte Ghak, ob es keine Möglichkeit gäbe, das Mädchen von der Knechtschaft und Schmach zu befreien, die ich ihr unabsichtlich auferlegt hatte.

"Wenn du sie jemals findest, ja", antwortete er. "Nur die Hand über den Kopf zu heben und sie vor anderen fallen zu lassen, reicht aus, um sie freizulassen. Aber wie kannst du sie jemals finden, die du selbst in der verschütteten Stadt Phutra zu einem Leben der Sklaverei verdammt bist?"

"gibt es kein Entrinnen?" Ich habe gefragt.

"hooja der schlaue ist geflohen und hat die anderen mitgenommen", erwiderte ghak. "aber es gibt keine dunklen Stellen mehr auf dem Weg zum Phutra, und wenn es einmal dort ist, ist es nicht so einfach - die Mahars sind sehr weise. Selbst wenn man aus dem Phutra flieht, sind es die Thipdars - sie würden dich finden und dann -" haarige schauderte. "Nein, du wirst niemals den Mahars entkommen."

Es war eine fröhliche Aussicht. Ich fragte Perry, was er darüber denke. Aber er zuckte nur mit den Schultern und setzte ein langatmiges Gebet fort, an dem er seit einiger Zeit teilgenommen hatte. Er pflegte zu sagen, dass das einzige erlösende Merkmal unserer Gefangenschaft die reichliche Zeit war, die es ihm für die Improvisation von Gebeten gab - es wurde zu einer Besessenheit mit ihm. Die Sagoths hatten begonnen, seine Angewohnheit zu bemerken, sich während des gesamten Marsches zu deklamieren. Einer von ihnen fragte ihn, was er sagte - mit wem er sprach. Die frage brachte mich auf eine idee, also antwortete ich schnell, bevor perry etwas sagen konnte.

"Unterbrechen Sie ihn nicht", sagte ich. "er ist ein sehr heiliger Mann in der Welt, von der wir kommen. Er spricht zu Geistern, die Sie nicht sehen können - unterbrechen Sie ihn nicht, oder sie werden auf Sie aus der Luft springen und Sie Gliedmaßen von

Gliedmaßen zerreißen - so" und ich sprang mit einem lauten "Buh!" das ließ ihn rückwärts stolpern.

Ich habe eine lange Chance ergriffen, wurde mir klar, aber wenn wir aus Perry's harmloser Manie Kapital machen könnten, wollte ich es schaffen, während die Produktion auf dem Vormarsch war. Es hat wunderbar funktioniert. Die Sagoten behandelten uns beide während der gesamten Reise mit ausgeprägtem Respekt und gaben das Wort dann an ihre Meister, die Mahars, weiter.

Zwei märze nach dieser folge kamen wir in die stadt phutra. Der Eingang war durch zwei hohe Granittürme gekennzeichnet, die eine Treppe bewachten, die in die begrabene Stadt führte. Sagoths waren hier sowie an hundert oder mehr anderen Türmen, die über eine große Ebene verstreut waren, auf der Hut.

V

Sklaven

Als wir die breite Treppe hinuntergingen, die zur Hauptstraße von Phutra führte, erblickte ich das dominierende Volk der Innenwelt auf den ersten Blick. Unwillkürlich wich ich zurück, als sich eine der Kreaturen näherte, um uns zu inspizieren. Eine schrecklichere Sache wäre unmöglich vorstellbar. Die mächtigen Mahare von Pellucidar sind großartige Reptilien mit einer Länge von zwei bis drei Metern, langen, schmalen Köpfen und großen, runden Augen. Ihre schnabelartigen Münder sind mit scharfen, weißen Zähnen ausgekleidet, und der Rücken ihrer riesigen Eidechsenkörper ist vom Hals bis zum Ende ihrer langen Schwänze in knöcherne Grate gezackt. Ihre Füße sind mit drei

vernetzten Zehen ausgestattet, während von den Vorderfüßen
häutige Flügel, die unmittelbar vor den Hinterbeinen an ihren
Körpern befestigt sind, in einem Winkel von 45 Grad nach
hinten herausragen und in spitzen Spitzen mehrere Fuß über
ihren Beinen enden Körper.

Ich warf einen Blick auf Perry, als das Ding an mir vorbei ging,
um ihn zu inspizieren. Der alte Mann starrte die schreckliche
Kreatur mit großen, erstaunten Augen an. Als es weiterging,
drehte er sich zu mir um.

"Ein Rhamphorhynchus des mittleren Olithen, David", sagte er,
"aber wie riesig! Die größten Überreste, die wir jemals entdeckt
haben, haben niemals eine größere Größe angegeben als die
einer gewöhnlichen Krähe."

Als wir weiter durch die Hauptstraße von Phutra fuhren, sahen
wir viele tausend Kreaturen, die ihren täglichen Pflichten
nachgingen und gingen. Sie haben uns nur wenig Beachtung
geschenkt. Phutra ist unterirdisch angelegt mit einer
Regelmäßigkeit, die bemerkenswerte Ingenieurskunst anzeigt. Es
wird aus massiven Kalksteinschichten gehauen. Die Straßen sind
breit und von einer einheitlichen Höhe von 20 Fuß. In gewissen
Abständen durchdringen Röhren das Dach dieser unterirdischen
Stadt und lassen mittels Linsen und Reflektoren das Sonnenlicht,
das aufgeweicht und diffus ist, durch, um die sonst kimmerische
Dunkelheit zu zerstreuen. In gleicher Weise wird Luft
eingeleitet.

Perry und ich wurden mit ghak in ein großes öffentliches
gebäude gebracht, wo einer der sagoten, die unsere wache
gebildet hatten, einem maharanischen amtlichen die umstände
unserer gefangennahme erklärte. Die Kommunikationsmethode
zwischen diesen beiden war insofern bemerkenswert, als keine
gesprochenen Worte ausgetauscht wurden. Sie verwendeten eine
Art Gebärdensprache. Wie ich später lernen sollte, haben die

mahars keine ohren, keine gesprochene sprache. Untereinander kommunizieren sie durch das, was perry sagt, muss ein sechster sinn sein, der eine vierte dimension erkennt.

Ich habe ihn nie richtig verstanden, obwohl er sich mehrmals bemüht hat, es mir zu erklären. Ich schlug telepathie vor, aber er sagte nein, es sei keine telepathie, da sie nur in gegenseitiger gegenwart miteinander kommunizieren könnten und sie auch nicht mit den sagoths oder den anderen einwohnern von pellucidar auf dieselbe art und weise sprechen könnten, wie sie es gewohnt waren, miteinander zu reden .

"Was sie tun", sagte Perry, "ist es, ihre Gedanken in die vierte Dimension zu projizieren, wenn sie für den sechsten Sinn ihres Zuhörers spürbar werden. Mache ich mich ganz klar?"

"Das tust du nicht, Perry", antwortete ich. Er schüttelte verzweifelt den Kopf und kehrte zu seiner Arbeit zurück. Sie hatten uns veranlasst, eine große Ansammlung maharanischer Literatur von einer Wohnung zur nächsten zu tragen und dort in Regalen anzuordnen. Ich schlug vor, zu erraten, dass wir in der öffentlichen Bibliothek von Phutra waren, aber später, als er anfing, den Schlüssel zu ihrer Schriftsprache zu entdecken, versicherte er mir, dass wir die alten Archive der Rasse handhaben würden.

In dieser zeit waren meine gedanken immer wieder auf dian der schöne gerichtet. Ich war natürlich froh, dass sie den mahars entkommen war und das schicksal, das die sagoth angedroht hatte, sie bei unserer ankunft in phutra zu kaufen. Ich fragte mich oft, ob die kleine Gruppe von Flüchtlingen von den Wachen überholt worden war, die zurückgekehrt waren, um nach ihnen zu suchen. Manchmal war ich mir nicht so sicher, aber ich hätte zufriedener sein sollen zu wissen, dass Dian hier in Phutra war, als an sie zu denken, die Hooja, die Schlaue. Ghak, Perry und ich sprachen oft über eine mögliche Flucht, aber der Sarianer war so tief in seinem lebenslangen Glauben verstrickt, dass niemand außer durch ein Wunder den Mahars entkommen konnte, dass er uns nicht viel half - seine Einstellung war eine von einer der darauf wartet, dass das Wunder zu ihm kommt.

Auf meinen vorschlag hin bastelten perry und ich ein paar schwerter aus eisenfetzen, die wir in den müllzellen, in denen wir schliefen, entdeckten, denn wir durften innerhalb der grenzen des gebäudes, dem wir zugeteilt worden waren, fast ungehindert handeln. Die Zahl der Sklaven, die auf die Bewohner von Phutra warteten, war so groß, dass keiner von uns mit Arbeit überlastet werden konnte und unsere Herren uns gegenüber unfreundlich waren.

Wir versteckten unsere neuen Waffen unter den Schalen, aus denen unsere Betten bestanden, und kamen dann auf die Idee, Bögen und Pfeile herzustellen - Waffen, die Pellucidar anscheinend nicht kannte. Als nächstes kamen Schilde; aber diese fand ich es einfacher, von den Wänden des äußeren Wachraums des Gebäudes zu stehlen.

Wir hatten diese Vorkehrungen zu unserem Schutz getroffen, nachdem wir Phutra verlassen hatten, als die Sagoten, die ausgesandt worden waren, um die entkommenen Gefangenen zurückzuerobern, mit vier von ihnen zurückkehrten, von denen Hooja einer war. Dian und zwei andere hatten sich ihnen entzogen. So kam es, dass hooja mit uns im selben gebäude eingesperrt war. Er erzählte ghak, dass er weder dian noch die anderen gesehen habe, nachdem er sie in der dunklen grotte freigelassen hatte. Was aus ihnen geworden war, hatte er nicht die geringste Ahnung - sie wanderten vielleicht noch, verloren im labyrinthischen Tunnel, wenn nicht tot vor Hunger.

Ich war jetzt noch mehr besorgt über das Schicksal von Dian, und zu diesem Zeitpunkt, so stelle ich mir vor, wurde mir zum ersten Mal klar, dass meine Zuneigung zu dem Mädchen möglicherweise durch mehr als nur Freundschaft ausgelöst wurde. Während meiner wachen Stunden war sie ständig Gegenstand meiner Gedanken, und als ich ihr liebes Gesicht schlief, verfolgten sie meine Träume. Mehr denn je war ich entschlossen, den mahars zu entkommen.

"Perry", vertraute ich dem alten Mann an, "wenn ich jeden Zentimeter dieser winzigen Welt durchsuchen muss, werde ich Dian finden, die schön und richtig ist, die falsch ist, die ich sie unbeabsichtigt getan habe." Das war die Ausrede, die ich für Perry gemacht habe.

"winzige Welt!" er spottete. "Sie wissen nicht, wovon Sie sprechen, mein Junge", und dann zeigte er mir eine Karte von Pellucidar, die er kürzlich in dem von ihm arrangierten Manuskript entdeckt hatte.

"schau", rief er und zeigte darauf, "das ist offensichtlich Wasser und all dieses Land. Merkst du die allgemeine Konfiguration der beiden Gebiete? Wo sich die Ozeane auf der äußeren Kruste befinden, ist Land hier. Diese relativ kleinen Gebiete." des Ozeans folgen den allgemeinen Linien der Kontinente der Außenwelt.

"Wir wissen, dass die Erdkruste 500 Meilen dick ist; dann muss der Innendurchmesser von Pellucidar 7.000 Meilen betragen, und die oberflächliche Fläche 165.480.000 Quadratmeilen. Drei Viertel davon sind Land. Denken Sie daran! Eine Landfläche von 124,110,000 Quadratmeilen! Unsere eigene Welt enthält nur 53,000,000 Quadratmeilen Land, wobei der Rest der Oberfläche von Wasser bedeckt ist. So wie wir Nationen oft nach ihrer relativen Landfläche vergleichen, so vergleichen wir diese beiden Welten auf dieselbe Weise, wie wir es haben Die seltsame Anomalie einer größeren Welt in einer kleineren!

"Wo würdest du in einem riesigen Pellucidar nach deinem Dian suchen? Ohne Sterne oder Mond oder wechselnde Sonne, wie könntest du sie finden, obwohl du wusstest, wo sie gefunden werden könnte?"

Der Vorschlag war ein Verkorker. Es hat mir den Atem geraubt; aber ich stellte fest, dass ich umso entschlossener war, es zu versuchen.

"Wenn Ghak uns begleiten wird, können wir das vielleicht", schlug ich vor.

Perry und ich suchten ihn auf und stellten ihm die Frage direkt.

"Ghak", sagte ich, "wir sind entschlossen, dieser Knechtschaft zu entkommen. Begleiten Sie uns?"

"Sie werden die Thipdars auf uns setzen", sagte er, "und dann werden wir getötet; aber -" er zögerte - "ich würde das Risiko eingehen, wenn ich dachte, dass ich möglicherweise fliehen und zu meinen eigenen Leuten zurückkehren könnte."

"könntest du den Weg zurück in dein eigenes Land finden?" fragte Perry. "Und könntest du David bei seiner Suche nach Dian helfen?"

"Ja."

"Aber wie", beharrte Perry, "könnten Sie in ein fremdes Land reisen, ohne Himmelskörper oder einen Kompass, der Sie führt?"

Ghak wusste nicht, was Perry mit Himmelskörpern oder Kompass meinte, aber er versicherte uns, dass Sie jedem Mann von Pellucidar die Augen verbinden und ihn in die äußerste Ecke der Welt tragen könnten, doch er würde direkt zu seinem eigenen Zuhause kommen können wieder auf dem kürzesten weg. Er schien überrascht zu sein, dass wir etwas Wunderbares darin fanden. Perry sagte, es müsse eine art heimattrieb sein, wie ihn bestimmte rassen von irdischen tauben besitzen. Ich wusste es natürlich nicht, aber es gab mir eine Idee.

"Dann hätte Dian ihren Weg direkt zu ihren eigenen Leuten finden können?" Ich habe gefragt.

"Sicher", erwiderte Ghak, "es sei denn, ein mächtiges Raubtier hat sie getötet."

Ich wollte den Fluchtversuch sofort machen, aber sowohl Perry als auch Ghak rieten uns, auf einen günstigen Unfall zu warten, der uns ein gewisses Maß an Erfolg sichern würde. Ich habe nicht gesehen, welcher Unfall eine ganze Gemeinde in einem Land des ewigen Tageslichts treffen könnte, in dem die Bewohner keine festen Schlafgewohnheiten hatten. Ich bin mir sicher, dass einige der Mahars niemals schlafen, während andere in langen Abständen in die dunklen Nischen unter ihren Wohnungen kriechen und sich in einem langen Schlaf zusammenrollen. Perry sagt, wenn ein mahar drei jahre wach bleibt, wird er all seinen schlaf in einem langen jahresschlaf wieder gutmachen. Das mag alles stimmen, aber ich habe nie gesehen, dass nur drei von ihnen schliefen, und es war der Anblick dieser drei, der mir einen Vorschlag für unsere Fluchtwege machte.

Ich hatte weit unter den Ebenen gesucht, die wir Sklaven haben sollten - möglicherweise fünfzig Fuß unter dem Hauptgeschoss des Gebäudes -, in einem Netzwerk von Korridoren und Wohnungen, als ich plötzlich auf drei Mahars stieß, die sich auf einem Bett aus Fellen zusammengerollt hatten . Zuerst dachte ich, sie wären tot, aber später überzeugte mich ihr regelmäßiges Atmen von meinem Fehler. Blitzartig dachte ich an die wunderbare Gelegenheit, die diese schlafenden Reptilien boten, um der Wachsamkeit unserer Entführer und der Wachen der Sagoth zu entgehen.

Ich eilte zurück nach Perry, wo er über einen muffigen Haufen bedeutungsloser Hieroglyphen stöberte, und erklärte ihm meinen Plan. Zu meiner Überraschung war er entsetzt.

"Es wäre Mord, David", rief er.

"Mord, um ein Reptilienmonster zu töten?" fragte ich erstaunt.

"Hier sind sie keine Monster, David", antwortete er. "hier sind sie die vorherrschende Rasse - wir sind die" Monster "- die niederen Ordnungen. In der pellucidaren Evolution hat es andere Fortschritte gegeben als auf der äußeren Erde. Diese schrecklichen Krämpfe der Natur haben die existierende Spezies immer wieder ausgelöscht - aber für Diese Tatsache könnte ein Monster der Saurozoik-Epoche heute über unsere eigene Welt herrschen. Wir sehen hier, was in unserer eigenen Geschichte wohl geschehen wäre, wenn die Bedingungen so gewesen wären, wie sie hier gewesen wären.

"Das Leben in Pellucidar ist viel jünger als in der äußeren Kruste. Hier hat der Mensch ein Stadium erreicht, das mit der Steinzeit unserer eigenen Weltgeschichte vergleichbar ist, aber seit unzähligen Millionen von Jahren sind diese Reptilien auf dem Vormarsch. Möglicherweise ist es der sechste Sinn Ich bin mir sicher, dass sie über einen Vorteil verfügen, der ihnen gegenüber den anderen und schrecklicher bewaffneten Mitmenschen einen Vorteil verschafft hat, aber das werden wir vielleicht nie erfahren. Sie sehen uns an, wie wir die Bestien auf unseren Feldern betrachten, und ich lerne aus ihren schriftlichen Aufzeichnungen dass andere Rassen von Mahars sich von Männern ernähren - sie halten sie in großen Scharen, wie wir Vieh halten. Sie züchten sie am sorgfältigsten, und wenn sie ziemlich fett sind, töten und essen sie sie. "

Ich schauderte.

"Was ist daran schrecklich, David?" fragte der alte Mann. "Sie verstehen uns nicht besser, als wir die niederen Tiere unserer eigenen Welt verstehen. Deshalb habe ich hier sehr gelehrte Diskussionen über die Frage geführt, ob Gilaks, das sind Männer, irgendwelche Kommunikationsmittel haben. Ein Schriftsteller behauptet, dass wir Denken Sie nicht einmal daran, dass jede unserer Handlungen mechanisch oder instinktiv ist. Die vorherrschende Rasse von Pellucidar, David, hat noch nicht erfahren, dass sich Menschen untereinander unterhalten oder vernünftig sind. Wir unterhalten uns nicht, da es unvorstellbar ist, was sie tun dass wir uns überhaupt unterhalten, ist es so, dass wir in Bezug auf die Rohlinge unserer eigenen Welt argumentieren, sie wissen, dass die Sagoten eine gesprochene Sprache haben, aber sie können sie nicht verstehen oder wie sie sich manifestieren, da sie keinen Hörapparat haben .Sie glauben, dass die Bewegungen der Lippen allein die Bedeutung vermitteln. Dass die sagoten mit uns kommunizieren können, ist ihnen unverständlich.

"Ja, David", schloss er, "es würde Mord bedeuten, Ihren Plan auszuführen."

"Also gut, Perry." ich antwortete. "Ich werde ein Mörder."

Er veranlasste mich, den Plan noch einmal mit größter Sorgfalt durchzugehen, und aus irgendeinem Grund, der mir zu der Zeit nicht klar war, bestand er auf einer sehr sorgfältigen Beschreibung der Wohnungen und Korridore, die ich gerade erkundet hatte.

"Ich frage mich, David", sagte er schließlich, "da Sie entschlossen sind, Ihren wilden Plan auszuführen, wenn wir nicht gleichzeitig etwas von sehr realem und anhaltendem

Nutzen für die menschliche Rasse der Pellucidar erreichen könnten. Hören Sie, ich Ich habe aus diesen Archiven der Mahars viel Überraschendes gelernt, damit du meinen Plan würdigst. Ich werde kurz die Geschichte der Rasse skizzieren.

"Sobald die Männchen allmächtig waren, aber vor langer Zeit übernahmen die Weibchen nach und nach die Meisterschaft. Für andere Zeitalter gab es keine nennenswerten Veränderungen in der Rasse der Mahars. Sie schritten unter der intelligenten und wohltätigen Herrschaft der Damen weiter voran Englisch: bio-pro.de/en/region/freiburg/magaz...3/index.html Die Wissenschaft hat große Fortschritte gemacht, insbesondere in den Wissenschaften, die wir als Biologie und Eugenik bezeichnen Reptilien werden aus Eiern geschlüpft.

"Was ist passiert? Sofort hörte die Notwendigkeit für Männer auf zu existieren - die Rasse war nicht länger von ihnen abhängig. Es verging mehr Zeitalter, bis wir zur Zeit eine Rasse finden, die ausschließlich aus Frauen besteht. Aber hier ist der Punkt. Das Geheimnis dieser Chemikalie Die Formel wird von einer einzigen Rasse von Mahars gehalten, sie befindet sich in der Stadt Phutra, und wenn ich mich nicht sehr irre, schätze ich anhand Ihrer Beschreibung der Gewölbe, durch die Sie heute gegangen sind, ein, dass sie im Keller dieses Gebäudes verborgen liegen.

"aus zwei gründen verstecken sie es und hüten es eifersüchtig. Erstens, weil es vom leben der rasse der mahars abhängt, und zweitens, weil zu der zeit, als es öffentliches eigentum war, so viele damit experimentierten dass die Gefahr einer Überbevölkerung sehr groß wurde.

"david, wenn wir fliehen können und gleichzeitig dieses große geheimnis mitnehmen, was wir für die menschliche rasse in pellucidar nicht erreicht haben!" der bloße Gedanke daran überwältigte mich ziemlich. Warum, wir beide wären das Mittel, um die Menschen der inneren Welt an ihren rechtmäßigen Platz unter den geschaffenen Dingen zu bringen. Nur die sagoths würden dann zwischen ihnen und der absoluten überlegenheit stehen, und ich war nicht ganz sicher, aber dass die sagoths ihre ganze macht der größeren intelligenz der mahars verdankten - ich konnte nicht glauben, dass diese gorillaähnlichen tiere die mentalen überlegenen der waren menschliche Rasse von Pellucidar.

"Warum, Perry", rief ich aus, "können Sie und ich eine ganze Welt zurückerobern! Gemeinsam können wir die Rassen der Menschen aus der Dunkelheit der Unwissenheit in das Licht des Fortschritts und der Zivilisation führen. In einem Schritt können wir sie von der Erde tragen." Zeitalter des Steins bis zum zwanzigsten Jahrhundert. Es ist wunderbar - absolut wunderbar, wenn man nur darüber nachdenkt. "

"david", sagte der alte mann, "ich glaube, dass gott uns zu genau diesem zweck hierher geschickt hat - es wird mein lebenswerk sein, ihnen sein wort zu lehren -, um sie in das licht seiner barmherzigkeit zu führen, während wir ihre herzen schulen und Hände in den Wegen der Kultur und Zivilisation. "

"Sie haben recht, Perry", sagte ich, "und während Sie ihnen das Beten beibringen, werde ich ihnen das Kämpfen beibringen, und zwischen uns werden wir eine Rasse von Männern bilden, die uns beiden eine Ehre sein wird."

Ghak hatte die wohnung einige zeit vor dem abschluss unseres gesprächs betreten und wollte nun wissen, worüber wir so aufgeregt waren. Perry meinte, wir sollten ihm am besten nicht zu viel erzählen, und so erklärte ich nur, dass ich einen Fluchtplan hatte. Als ich es ihm geschildert hatte, schien er ungefähr so entsetzt zu sein, wie es perry gewesen war; aber aus einem anderen grund. Der Haarige dachte nur an das schreckliche Schicksal, das uns bevorstehen würde, wenn wir es entdecken würden. Aber schließlich setzte ich mich dafür ein, dass er meinen plan als den einzig realisierbaren akzeptierte, und als ich ihm versicherte, dass ich die gesamte verantwortung dafür übernehmen würde, wenn wir gefangen genommen würden, erteilte er eine widerstrebende zustimmung.

Vi

Der Beginn des Grauens

Innerhalb von pellucidar ist eine zeit so gut wie eine andere. Es gab keine Nächte, um unseren Fluchtversuch zu verbergen. Alles muss am helllichten tag erledigt werden - alles andere als die arbeit, die ich in der wohnung unter dem gebäude zu erledigen hatte. Also beschlossen wir, unseren Plan sofort auf die Probe zu stellen, damit die Mahars, die es ermöglichten, aufwachen, bevor ich sie erreichte. Aber wir waren zur Enttäuschung verurteilt, denn kaum hatten wir das Hauptgeschoss des Gebäudes auf dem Weg zu den Gruben erreicht, stießen wir auf eilende Sklavenbänder, die unter starkem Schutz der Sagoth aus dem Gebäude zur Allee dahinter eilten.

Andere sagoths huschten hin und her auf der Suche nach anderen Sklaven, und in dem Moment, als wir auftauchten, wurden wir angestürzt und in die Reihe marschierender Menschen gedrängt.

Was den Zweck oder die Natur des allgemeinen Exodus betraf, wussten wir nicht, aber jetzt ging das Gerücht durch die Reihe der Gefangenen, dass zwei entkommene Sklaven zurückerobert worden waren - ein Mann und eine Frau - und dass wir marschierten, um Zeuge ihrer Bestrafung zu werden Mann hatte einen Sagoth der Abteilung getötet, die sie verfolgt und überholt hatte.

Bei der Nachricht schlug mir das Herz bis zum Hals, denn ich war mir sicher, dass es sich bei den beiden um diejenigen handelte, die mit der schlauen Hooja aus der dunklen Grotte geflohen waren, und dass Dian die Frau sein musste. Ghak dachte das auch, genau wie Perry.

"Gibt es nichts, was wir tun könnten, um sie zu retten?" Ich fragte Ghak.

"Nichts", antwortete er.

Auf der überfüllten Allee marschierten wir, und die Wachen zeigten ungewöhnliche Grausamkeiten gegen uns, als wären auch wir in den Mord an ihrem Gefährten verwickelt gewesen. Die Gelegenheit bestand darin, allen anderen Sklaven die Gefahr und Sinnlosigkeit eines Fluchtversuchs und die fatalen Konsequenzen des Lebens eines überlegenen Wesens beizubringen so unangenehm und schmerzhaft wie möglich.

Sie schlugen uns mit ihren Speeren und schlugen uns mit den Beilen bei der geringsten Provokation und bei überhaupt keiner Provokation. Es war eine höchst unangenehme halbe Stunde, die wir verbrachten, bevor wir schließlich durch einen niedrigen Eingang in ein riesiges Gebäude getrieben wurden, dessen Zentrum einer großen Arena übergeben wurde. Bänke umgaben diesen offenen Raum auf drei Seiten, und entlang der vierten befanden sich riesige Bowlders, die sich in Stufen zum Dach hin erhoben.

Den Zweck dieses mächtigen Felshaufens konnte ich zunächst nicht erkennen, es sei denn, er war als rauer und malerischer Hintergrund für die Szenen gedacht, die in der Arena davor gespielt wurden, aber jetzt, nachdem die Holzbänke ziemlich gut waren gefüllt mit sklaven und sagoten entdeckte ich den zweck der bowlders, denn dann begannen die mahars, sich in das gehäuse zu legen.

Sie marschierten direkt über die Arena zu den Felsen auf der gegenüberliegenden Seite, wo sie mit ausgebreiteten fledermausartigen Flügeln über die hohe Mauer der Grube stiegen und sich auf die darüber liegenden Bowlders niederließen. Das waren die reservierten Plätze, die Kisten der Auserwählten.

Reptilien, wie sie sind, die raue Oberfläche eines großen Steins ist für sie so plüschig wie eine Polsterung für uns. Hier räkelten sie sich, blinzelten mit ihren abscheulichen Augen und unterhielten sich zweifellos in ihrer Sprache im sechsten Sinne und in der vierten Dimension.

Zum ersten Mal sah ich ihre Königin. Sie unterschied sich von den anderen in keiner Hinsicht, die für meine irdischen Augen von Bedeutung war. Tatsächlich sehen alle Mahars für mich gleich aus. Als sie jedoch die Arena überquerte, nachdem das Gleichgewicht ihrer weiblichen Untertanen ihre Bowlders gefunden hatte, ging ihr eine Kerbe von voraus riesige sagoths, die größten, die ich je gesehen hatte, und zu beiden seiten watschelte ein riesiger thipdar, während dahinter eine weitere punktzahl sagoth-wächter auftauchte.

An der Barriere kletterten die Sagoten mit wahrhaft apelischer Beweglichkeit die steile Seite hinauf, während sich die hochmütige Königin mit ihren beiden schrecklichen Drachen dicht neben ihr auf ihren Flügeln erhob und sich genau in der Mitte auf den größten Kessel von allen niederließ Seite des Amphitheaters, das der dominierenden Rasse vorbehalten ist. Hier hockte sie, eine abstoßendste und uninteressanteste Königin; obwohl zweifellos ganz so gut von ihrer Schönheit und ihrem göttlichen Recht überzeugt, als der stolzeste Monarch der Außenwelt zu herrschen.

Und dann begann die Musik - Musik ohne Ton! Die mahars können nicht hören, so dass die trommeln und fifes und hörner der irdischen bands unter ihnen unbekannt sind. Die "Band" besteht aus einer Partitur oder mehr Mahars. Es trat in der Mitte der Arena auf, wo die Kreaturen auf den Felsen es sehen konnten, und trat dort für fünfzehn oder zwanzig Minuten auf.

Ihre Technik bestand darin, mit den Schwänzen zu wedeln und die Köpfe in regelmäßigen Abständen zu bewegen, was zu einer Trittfrequenz führte, die offensichtlich das Auge des Mahar erfreute, wie die Trittfrequenz unserer eigenen Instrumentalmusik unseren Ohren gefällt. Manchmal machte die Band abgemessene Schritte im Gleichklang zur einen oder anderen Seite oder rückwärts und wieder vorwärts - es schien mir alles sehr albern und bedeutungslos, aber am Ende des ersten Stücks zeigten die Mahars auf den Felsen die ersten Anzeichen von Begeisterung das hatte ich von der dominanten rasse von pellucidar gesehen. Sie schlugen ihre großen Flügel auf und ab und schlugen mit ihren mächtigen Schwänzen auf ihre felsigen Sitzstangen, bis der Boden bebte. Dann begann die Band ein weiteres Stück, und alles war wieder so still wie das Grab. Das war eine große schönheit an mahar-musik - wenn du es nicht getan hättestzufällig mochte ich kein Stück, das gespielt wurde. Alles, was Sie tun mussten, war, die Augen zu schließen.

Als die Band ihr Repertoire erschöpft hatte, nahm sie Flügel an und ließ sich auf den Felsen über und hinter der Königin nieder. Dann war das Geschäft des Tages eröffnet. Ein Mann und eine Frau wurden von zwei sagothischen Wachleuten in die Arena gedrängt. Ich beugte mich auf meinem Platz vor, um die Frau zu untersuchen - in der Hoffnung, dass sie sich als eine andere erweisen könnte als Dian, die Schöne. Ihr Rücken war für eine Weile mir zugewandt, und der Anblick der großen Masse von

Rabenhaaren, die sich auf ihrem Kopf türmten, erfüllte mich mit Alarm.

Gegenwärtig wurde eine Tür an einer Seite der Arena geöffnet, um eine riesige, zottelige, bullenartige Kreatur aufzunehmen.

"a bos", flüsterte perry aufgeregt. "Seine Art durchstreifte die äußere Kruste mit dem Höhlenbären und dem Mammut vor Jahrhunderten. Wir sind eine Million Jahre zurückgetragen worden, David, in die Kindheit eines Planeten - ist es nicht wunderbar?"

Aber ich sah nur das rabenhaar eines halbnackten mädchens, und mein herz stand bei ihrem anblick in stummem elend still, und ich hatte auch keine augen für die wunder der naturgeschichte. Aber für perry und ghak hätte ich auf den boden der arena springen und teilen sollen, was für ein schicksal für diesen unschätzbaren schatz der steinzeit bevorsteht.

Mit dem aufkommen der bos - sie nennen das ding einen thag in pellucidar - wurden zwei speere zu füßen der gefangenen in die arena geworfen. Es schien mir, dass ein Bohnenschütze gegen das mächtige Monster genauso effektiv gewesen wäre wie diese erbärmlichen Waffen.

Als sich das Tier den beiden näherte und mit der Kraft vieler irdischer Stiere auf dem Boden brüllte und scharrte, wurde eine weitere Tür direkt unter uns geöffnet, und von ihr ging das schrecklichste Gebrüll aus, das je auf meine empörten Ohren gefallen war. Ich konnte das Biest, von dem diese furchterregende Herausforderung ausging, zunächst nicht sehen, aber das Geräusch hatte den Effekt, dass die beiden Opfer plötzlich herumwirbelten, und dann sah ich das Gesicht des Mädchens - sie war keine Dian! Ich hätte um Erleichterung weinen können.

Und jetzt, als die beiden vor Schrecken erstarrt waren, sah ich, wie der Autor dieses furchterregenden Geräusches heimlich in Sicht kam. Es war ein riesiger Tiger - wie er den großen Busch durch den Urwald jagte, als die Welt noch jung war. In Form und Zeichnung war es nicht unähnlich dem edelsten der Bengals unserer eigenen Welt, aber da seine Dimensionen zu kolossalen Ausmaßen übertrieben waren, waren auch seine Farbtöne übertrieben. Sein lebhaftes Gelb schrie ziemlich laut; seine Weißen waren wie Eiderdaunen; seine Schwarzen glänzten wie die feinste anthrazitfarbene Kohle, und sein Fell war lang und zottelig wie eine Bergziege. Dass es sich um ein wunderschönes Tier handelt, ist nicht zu leugnen, aber wenn hier innerhalb von Pellucidar seine Größe und Farbe vergrößert werden, ist dies auch die Wildheit seiner Disposition. Es ist nicht das gelegentliche Mitglied seiner Spezies, das ein Mannjäger ist - alle sind Mannjäger;Aber sie beschränken ihre Nahrungssuche nicht auf den Menschen allein, denn es gibt kein Fleisch oder keinen Fisch in Pellucidar, die sie nicht mit Vergnügen essen werden, wenn sie sich ständig bemühen, ihre riesigen Kadaver mit ausreichender Nahrung zu versorgen, um ihre mächtigen Kadaver zu ernähren.

Auf der einen Seite des zum Scheitern verurteilten Paares brüllte der Thag und rückte vor, und auf der anderen Tarag kroch der Schreckliche mit aufgerissenem Mund und tropfenden Zähnen auf sie zu.

Der Mann ergriff die Speere und reichte der Frau einen von ihnen. Beim Brüllen des Tigers wurde das Brüllen des Stiers zu einer regelrechten Raserei tobenden Lärms. Niemals in meinem Leben hatte ich einen so höllischen Lärm gehört, wie die beiden Rohlinge es taten, und zu glauben, dass alles für die abscheulichen Reptilien verloren war, für die die Show inszeniert wurde!

Der Thag griff jetzt von einer Seite an und der Tarag von der anderen. Die beiden mickrigen Dinge, die zwischen ihnen standen, schienen bereits verloren zu sein, aber in dem Moment, als die Bestien auf ihnen waren, ergriff der Mann seinen Gefährten am Arm und sie sprangen zusammen zur Seite, während die rasenden Kreaturen wie Lokomotiven in Kollision zusammenkamen.

Es folgte eine königliche Schlacht, die für anhaltende und schreckliche Wildheit die Kraft der Vorstellungskraft oder Beschreibung übersteigt. Immer wieder warf der kolossale Bulle den riesigen Tiger hoch in die Luft, doch jedes Mal, wenn die riesige Katze den Boden berührte, kehrte er mit anscheinend unverminderter Stärke und scheinbar größerem Zorn zu der Begegnung zurück.

Für eine Weile beschäftigten sich der Mann und die Frau nur damit, den beiden Kreaturen aus dem Weg zu gehen, aber schließlich sah ich, wie sie sich trennten und sich beide heimlich einem der Kämpfer näherten. Der Tiger war jetzt auf dem breiten Rücken des Bullen und klammerte sich mit kräftigen Reißzähnen an den riesigen Hals, während seine langen, starken Krallen die schwere Haut in Fetzen und Bänder zerrissen.

Für einen Moment brüllte und zitterte der Bulle vor Schmerz und Wut, seine gespaltenen Hufe waren weit verbreitet, sein Schwanz peitschte heftig hin und her, und dann raste er in einer wahnsinnigen Orgie des Bockens über die Arena, um die Zerreißung zu verhindern Fahrer. Es war schwierig, dass das Mädchen dem ersten wahnsinnigen Ansturm des verletzten Tieres aus dem Weg ging.

Alle seine Bemühungen, sich von dem Tiger zu befreien, schienen zwecklos, bis er sich verzweifelt auf den Boden warf und sich immer wieder rollte. Ein wenig davon beunruhigte den Tiger so sehr, dass er den Atem verlor, wie ich mir vorstelle, und dann war der große Thag schnell wie eine Katze wieder aufgestanden und hatte diese mächtigen Hörner tief im Bauch des Tarags vergraben und ihn festgeklemmt auf den Boden der Arena.

Die große Katze kratzte am zotteligen Kopf, bis Augen und Ohren verschwunden waren und nichts als ein paar Streifen zerlumpten, blutigen Fleisches auf dem Schädel zurückblieb. Trotz all der Qual dieser ängstlichen Bestrafung blieb der Thag regungslos stehen und hielt seinen Gegner fest. Dann sprang der Mann ein und sah, dass der blinde Bulle der unerschütterlichste Feind sein würde und fuhr mit seinem Speer durch das Herz des Tarag.

Als das wilde Kratzen des Tieres aufhörte, hob der Bulle seinen blutigen, blicklosen Kopf und rannte mit einem schrecklichen Gebrüll kopfüber über die Arena. Mit großen Sprüngen und Sprüngen kam er direkt auf die Arena-Wand zu, direkt unter der wir saßen, und dann trug ihn ein Unfall in einer seiner mächtigen Quellen vollständig über die Barriere in die Mitte der Sklaven und Sagoths direkt vor uns. Das Biest schwang seine blutigen Hörner von einer Seite zur anderen und schnitt einen weiten Streifen vor sich aufwärts zu unseren Sitzen. Vor ihm kämpften Sklaven und Gorillamänner in rasendem Aufruhr, um der Bedrohung durch die Todesqualen der Kreatur zu entkommen, denn nur so konnte diese schreckliche Anklage gewesen sein.

Unsere Wachen, die uns vergaßen, schlossen sich dem allgemeinen Ansturm auf die Ausgänge an, von denen viele die Wand des Amphitheaters hinter uns durchbohrten. Perry, Ghak und ich trennten uns in dem Chaos, das für einige Momente herrschte, nachdem das Biest die Mauer der Arena geräumt hatte, wobei jedes seine eigene Haut retten wollte.

Ich rannte nach rechts und kam an mehreren Ausgängen vorbei, die von der Angst der verrückten Menge erstickt waren, die um die Flucht kämpften. Man hätte gedacht, dass eine ganze Herde von Thags hinter ihnen los war, anstatt eines einzigen blinden, sterbenden Tieres; aber so wirkt Panik auf eine Menschenmenge.

Vii

Freiheit

Sobald ich mich aus dem direkten Weg des Tieres entfernt hatte, verließ mich die Angst davor, aber eine andere Emotion ergriff mich ebenso schnell - die Hoffnung auf Flucht, die der demoralisierte Zustand der Wachen für den Augenblick ermöglichte.

Ich dachte an perry, und in der hoffnung, dass ich seine entlassung besser erfassen könnte, wenn ich frei wäre, hätte ich den gedanken an die freiheit von mir sofort loswerden sollen. Als es losging, eilte ich nach rechts und suchte nach einem Ausgang, zu dem keine sagoths flüchteten, und schließlich fand ich ihn - eine niedrige, schmale Öffnung, die in einen dunklen Korridor führte.

Ohne an die mögliche Konsequenz zu denken, schoss ich in die Schatten des Tunnels und tastete mich ein Stück durch die Dunkelheit. Die Geräusche des Amphitheaters waren immer leiser geworden, bis jetzt war alles so still wie das Grab um mich herum. Von oben drang schwaches Licht durch gelegentliche Lüftungs- und Beleuchtungsröhren, aber es reichte kaum aus, um meine menschlichen Augen mit der Dunkelheit zurecht zu kommen, und so war ich gezwungen, mich mit äußerster Sorgfalt zu bewegen und Schritt für Schritt mit einer Hand darauf voranzugehen die Wand neben mir.

Augenblicklich nahm das licht zu und einen augenblick später stieß ich zu meiner freude auf eine treppe, die nach oben führte, von der aus das strahlende licht der mittagssonne durch eine öffnung im boden schien.

Vorsichtig schlich ich die Treppe zum Ende des Tunnels hinauf, und als ich hinausschaute, sah ich die weite Ebene von Phutra vor mir. Die zahlreichen hohen Granittürme, die die verschiedenen Eingänge zur unterirdischen Stadt markieren, lagen alle vor mir - hinter mir die Ebene, die sich über eine lange Strecke erstreckte und bis zu den nahen Ausläufern ununterbrochen war. Ich war an die Oberfläche gekommen, also jenseits der Stadt, und meine Fluchtchancen schienen sich sehr verbessert zu haben.

Mein erster Impuls war, die Dunkelheit abzuwarten, bevor ich versuchte, die Ebene zu durchqueren. Aber plötzlich erinnerte ich mich an die ewige mittagsbrillanz, die pellucidar umgibt, und trat mit einem lächeln ins tageslicht.

Hüfthohes Rankgras wächst auf der Ebene des Phutra - dem wunderschönen blühenden Gras der inneren Welt, dessen jeweilige Klinge mit einer winzigen, fünfzackigen Blüte verziert ist -, leuchtenden kleinen Sternen unterschiedlicher Farben, die im grünen Laub funkeln um der seltsamen, aber schönen Landschaft noch einen weiteren Reiz zu verleihen.

Aber der einzige Aspekt, der mich anzog, waren die fernen Hügel, in denen ich Zuflucht suchte, und so eilte ich weiter und trampelte mit den unzähligen Schönheiten unter meinen hastigen Füßen herum. Perry sagt, dass die Schwerkraft weniger auf der Oberfläche der inneren Welt ist als auf der der äußeren. Er hat mir das alles einmal erklärt, aber ich war in solchen dingen nie besonders brillant und so ist mir das meiste davon entgangen. Wenn ich mich recht erinnere, ist der Unterschied zum Teil auf die Gegenanziehung des Teils der Erdkruste zurückzuführen, der sich direkt gegenüber der Stelle auf der Oberfläche von Pellucidar befindet, an der die eigenen Berechnungen durchgeführt werden. Wie dem auch sei, mir kam es immer so vor, als würde ich mich innerhalb von pellucidar schneller und wendiger bewegen als auf der Außenfläche - es gab eine gewisse luftige Leichtigkeit der Schritte, die am angenehmsten war,und ein Gefühl der körperlichen Distanz, das ich nur mit dem vergleichen kann, was ich gelegentlich in Träumen erlebt habe.

Und als ich diesmal die blumenbesetzte Ebene von Phutra überquerte, schien ich fast zu fliegen, obwohl ich sicher nicht weiß, wie viel Gefühl auf Perrys Vorschlag und auf die Aktualität zurückzuführen war. Je mehr ich an perry dachte, desto weniger freute ich mich über meine neuentdeckte Freiheit. Es konnte keine Freiheit für mich innerhalb von pellucidar geben, wenn der alte Mann es nicht mit mir teilte, und nur die Hoffnung, dass ich einen Weg finden könnte, seine Freilassung zu umfassen, hielt mich davon ab, mich wieder Phutra zuzuwenden.

Wie ich helfen sollte, konnte ich mir kaum vorstellen, aber ich hoffte, dass zufällige Umstände das Problem für mich lösen würden. Es war jedoch ziemlich offensichtlich, dass mir kaum weniger als ein Wunder helfen konnte, denn was konnte ich in dieser seltsamen Welt, nackt und unbewaffnet, erreichen? Es war sogar zweifelhaft, ob ich meine schritte zum phutra zurückverfolgen konnte, sollte ich einmal über die sicht der ebene hinausgehen, und selbst wenn dies möglich war, welche hilfe konnte ich perry bringen, egal wie weit ich wanderte?

Der Fall sah immer hoffnungsloser aus, je länger ich ihn betrachtete, doch mit hartnäckiger Beharrlichkeit machte ich mich auf den Weg in Richtung Vorgebirge. Hinter mir entwickelte sich keine Spur von Verfolgung, vor mir sah ich kein Lebewesen. Es war, als würde ich mich durch eine tote und vergessene Welt bewegen.

Ich habe natürlich keine Ahnung, wie lange ich gebraucht habe, um die Grenze der Ebene zu erreichen, aber schließlich bin ich in den Ausläufern gelandet und bin einem hübschen kleinen Canyon nach oben in Richtung der Berge gefolgt. Neben mir tummelte sich ein lachendes Bächlein und eilte auf seinem lauten Weg hinunter zum stillen Meer. In seinen ruhigeren Becken entdeckte ich viele kleine Fische mit einem Gewicht von vier oder fünf Pfund, die ich mir vorstellen sollte. Abgesehen von Größe und Farbe waren sie dem Wal unserer eigenen Meere nicht unähnlich. Als ich sie beim Spielen beobachtete, entdeckte ich nicht nur, dass sie ihre Jungen säugten, sondern dass sie sich in Abständen an die Oberfläche erhoben, um zu atmen und sich von bestimmten Gräsern und einer seltsamen, scharlachroten Flechte zu ernähren, die auf den Felsen direkt über dem Meer wuchs Wasserleitung.

Es war diese letzte Angewohnheit, die mir die Gelegenheit gab, einen dieser pflanzenfressenden Wale zu fangen - so nennt man sie Perry - und mit rohem, warmblütigem Fisch so gut wie möglich zu essen. Aber ich war zu dieser Zeit eher daran gewöhnt, Essen in seinem natürlichen Zustand zu essen, obwohl ich mich immer noch an den Augen und Eingeweiden festhielt, sehr zur Belustigung von Ghak, an den ich diese Delikatessen immer weitergab.

Ich hockte mich neben den Bach und wartete, bis sich einer der winzigen Purpurwale erhob, um an den langen Gräsern zu knabbern, die über dem Wasser standen. Dann sprang ich wie das Raubtier, das der Mensch wirklich ist, auf mein Opfer und besänftigte meinen Hunger, während er noch zappelte zu entkommen.

Dann trank ich aus dem klaren Pool und nachdem ich meine Hände und mein Gesicht gewaschen hatte, flog ich weiter. Über der Quelle des Baches stieß ich auf einen schroffen Aufstieg zum Gipfel eines langen Kamms. Dahinter befand sich ein steiler Abhang zum Ufer eines ruhigen Binnenmeeres, auf dessen ruhiger Oberfläche mehrere wunderschöne Inseln lagen.

Die Aussicht war äußerst reizvoll, und da kein Mensch oder Tier zu sehen war, das meine neu entdeckte Freiheit gefährden könnte, rutschte ich über den Rand des Steilufers und fiel halb rutschend, halb fallend in das entzückende Tal gerade dieser Aspekt schien eine Oase der Ruhe und Sicherheit zu bieten.

Der flach abfallende Strand, an dem ich entlangging, war mit seltsam geformten, farbigen Muscheln übersät. Einige sind leer, andere beherbergen noch immer so viele Mollusken wie nie zuvor, die ihr träges Leben an den stillen Ufern des antidiluvianischen Meeres der äußeren Kruste verbracht haben könnten. Als ich ging, konnte ich mich nur mit dem ersten Mann dieser anderen Welt vergleichen, um die Einsamkeit zu vervollständigen, die mich umgab, so ursprünglich und unberührt die jungfräulichen Wunder und Schönheiten der jugendlichen Natur. Ich fühlte mich wie ein zweiter Adam, der sich auf dem einsamen Weg durch die Kindheit einer Welt auf der Suche nach meinem Vorabend bewegte, und als ich daran dachte, tauchten die exquisiten Umrisse eines perfekten Gesichts auf, das von einem Haufen wundersamer, schwarzer Haare überragt wurde.

Während ich ging, waren meine Augen auf den Strand gerichtet, so dass ich erst entdeckte, was meinen schönen Traum von Einsamkeit und Sicherheit und Frieden und ursprünglicher Herrschaft zerstörte. Das Ding war ein ausgehöhlter Baumstamm, der auf den Sand gezogen war, und auf dem Grund lag ein grobes Paddel.

Der grobe Schock des Erwachens zu einer neuen Form von Gefahr, die sich zweifellos als neu herausstellen könnte, lag noch auf mir, als ich ein Klappern von losen Steinen aus der Richtung der Klippe hörte und meine Augen in diese Richtung drehte, als ich den Urheber der Störung erblickte: a großer kupferfarbener Mann, schnell auf mich zu rennend.

In der Eile, mit der er kam, befand sich das, was ziemlich bedrohlich schien, so dass ich nicht den zusätzlichen Beweis brauchte, Speer und finsteres Gesicht zu schwingen, um mich zu warnen, dass ich in keiner sicheren Position war, aber wohin ich fliehen sollte, war in der Tat von großer Bedeutung Frage.

Die Geschwindigkeit des Gefährten schien die Möglichkeit auszuschließen, ihm auf dem offenen Strand zu entkommen. Es gab nur eine Alternative - das unhöfliche Boot - und mit einer Geschwindigkeit, die seiner ebenbürtig war, schob ich das Ding ins Meer und gab, während es schwebte, einen letzten Stoß und stieg über das Ende ein.

Ein Schrei der Wut stieg vom Besitzer des primitiven Bootes auf, und einen Moment später streifte sein schwerer Speer mit der Steinspitze meine Schulter und vergrub sich im Bug des Bootes dahinter. Dann packte ich das paddel und drängte mit fieberhafter eile das unbeholfene, wackelige ding auf die oberfläche des meeres.

Ein Blick über meine Schulter zeigte mir, dass der kupferfarbene hinter mir her war und schnell hinter mir her schwamm. Seine mächtigen Stöße waren fair, um die Distanz zwischen uns in kurzer Zeit zu verringern, denn bestenfalls konnte ich mit meinem ungewohnten Handwerk, das hartnäckig in jede Richtung stieß, aber in die Richtung, der ich folgen wollte, nur langsame Fortschritte machen, so dass meine Energie zur Hälfte ausfiel wurde aufgewendet, um seinen stumpfen Bug wieder in den Kurs zu verwandeln.

Ich war einige hundert Meter von der Küste entfernt, als sich herausstellte, dass mein Verfolger das Heck des Bootes innerhalb der nächsten ein halbes Dutzend Hübe greifen musste. In einem Wahnsinn der Verzweiflung bückte ich mich nach dem Großvater aller Paddel, um zu entkommen, und der Kupferriese hinter mir gewann und gewann.

Seine Hand griff nach dem Heck, als ich einen glatten, gewundenen Körper aus der Tiefe schießen sah. Der Mann sah es auch, und der entsetzte Ausdruck, der sein Gesicht überspannte, versicherte mir, dass ich ihm keine weiteren Sorgen machen musste, denn die Angst vor dem sicheren Tod war in seinem Blick.

Und dann wickelten sich um ihn die großen, schleimigen Falten eines schrecklichen Monsters dieser prähistorischen Tiefe - eine mächtige Schlange des Meeres, mit zackigen Kiefern und spitzgabeliger Zunge, mit vorgewölbten Augen und knöchernen Vorsprüngen auf Kopf und Schnauze, die sich kurz bildeten, kräftige Hörner.

Als ich diesen hoffnungslosen Kampf betrachtete, trafen meine Augen die des Verurteilten, und ich hätte schwören können, dass ich in seinem Ausdruck hoffnungslosen Appells sah. Aber ob ich es tat oder nicht, durchfegte mich plötzlich ein Mitleid mit dem Gefährten. Er war in der Tat ein Bruder, und dass er mich mit Vergnügen getötet hätte, wenn er mich erwischt hätte, wurde an der äußersten Grenze seiner Gefahr vergessen.

Unbewusst hatte ich aufgehört zu paddeln, als sich die Schlange erhob, um meinen Verfolger anzugreifen, und nun trieb das Boot immer noch dicht neben den beiden. Das Monster schien nur mit seinem Opfer zu spielen, bevor er seine schrecklichen Kiefer schloss und ihn in seine dunkle Höhle unter der Oberfläche zog, um ihn zu verschlingen. Der riesige, schlangenartige Körper rollte und rollte sich um seine Beute. Die abscheulichen, klaffenden Kiefer schnappten im Gesicht des Opfers. Die blitzartige Gabelzunge lief auf der kupfernen Haut ein und aus.

Edel kämpfte der Riese um sein Leben und schlug mit seinem Steinbeil gegen die knochige Rüstung, die diesen schrecklichen Kadaver bedeckte; aber bei allem Schaden, den er angerichtet hatte, hätte er genauso gut mit seiner offenen Handfläche zuschlagen können.

Endlich konnte ich es nicht länger ertragen, auf dem Rücken zu sitzen, während ein Mitmensch von diesem abstoßenden Reptil in einen schrecklichen Tod gezogen wurde. Eingebettet in den Bug des Bootes lag der Speer, den er mir nachgegossen hatte und den ich plötzlich retten wollte. Mit einem Schraubenschlüssel riss ich es los und stieß es aufrecht im wackeligen Baumstamm mit der ganzen Kraft meiner beiden Arme direkt in die klaffenden Kiefer des Hydrophidians.

Mit einem lauten Zischen gab die Kreatur ihre Beute auf, um mich anzugreifen, aber der Speer, der in seine Kehle eingebettet war, hinderte sie daran, mich zu ergreifen, obwohl er beinahe den Kahn umgestürzt hätte, um mich zu erreichen.

Viii

Der Mahar-Tempel

Der Ureinwohner, anscheinend unverletzt, stieg schnell in das Boot und das Ergreifen des Speers mit mir half, die wütende Kreatur abzuhalten. Das Blut des verwundeten Reptils rötete jetzt das Wasser um uns herum und bald nach den schwächenden Kämpfen wurde klar, dass ich ihm eine tödliche Wunde zugefügt hatte. Gegenwärtig hörten seine Bemühungen, uns zu erreichen, gänzlich auf, und mit ein paar krampfartigen Bewegungen drehte es sich ganz tot auf den Rücken.

Und dann wurde mir plötzlich klar, in welche missliche Lage ich mich gebracht hatte. Ich war ganz in der Macht des wilden Mannes, dessen Skiff ich gestohlen hatte. Ich klammerte mich immer noch an den Speer, sah ihm ins Gesicht und bemerkte, dass er mich aufmerksam musterte. Dort standen wir einige Minuten und klammerten uns jeweils hartnäckig an der Waffe, während wir uns in dummen Staunen ansahen.

Was in seinem Kopf war, weiß ich nicht, aber in meinem war nur die Frage, wie bald der Gefährte Feindseligkeiten wieder aufnehmen würde.

Momentan sprach er mit mir, aber in einer sprache, die ich nicht übersetzen konnte. Ich schüttelte meinen Kopf, um meine Unkenntnis seiner Sprache zu zeigen, und sprach ihn gleichzeitig in der bastard Zunge an, die die sagoths benutzen, um mit den menschlichen Sklaven der Mahars zu sprechen.

Zu meiner Freude verstand er und antwortete mir im gleichen Jargon.

"Was willst du von meinem Speer?" er hat gefragt.

"Nur um dich davon abzuhalten, es durch mich zu leiten", antwortete ich.

"Ich würde das nicht tun", sagte er, "denn du hast mir gerade das Leben gerettet." Damit ließ er seinen Griff los und hockte sich auf den Boden des Bootes.

"Wer bist du", fuhr er fort, "und aus welchem Land kommst du?"

Auch ich setzte mich, legte den Speer zwischen uns und versuchte zu erklären, wie ich zu Pellucidar kam und woher, aber es war ihm ebenso unmöglich, die seltsame Geschichte, die ich ihm erzählte, zu begreifen oder zu glauben, wie ich fürchte, es ist für dich äußere Kruste, um an die Existenz der inneren Welt zu glauben. Für ihn schien es ziemlich lächerlich, sich vorzustellen, dass es weit unter seinen Füßen eine andere Welt gab, die von Wesen bevölkert war, die ihm ähnlich waren, und er lachte schallend, je mehr er darüber nachdachte. Aber es war immer so.Das, was niemals in den Rahmen unserer wirklich erbärmlich mageren Welterfahrung gelangt ist, kann nicht sein - unser endlicher Verstand kann nicht das erfassen, was möglicherweise nicht in Übereinstimmung mit den Bedingungen existiert, die über uns an der Außenseite des unbedeutenden Staubkorns herrschen, das sein Ende nimmt winziger Weg unter den Wölfen des Universums - der Fleck feuchten Schmutzes, den wir so stolz die Welt nennen.

Also gab ich es auf und fragte ihn nach sich. Er sagte, er sei ein Mezop, und sein Name sei ja.

"Wer sind die Mezops?" Ich habe gefragt. "Wo leben sie?"

Er sah mich überrascht an.

"Ich könnte in der Tat glauben, dass Sie aus einer anderen Welt stammen", sagte er, "denn wer von Pellucidar könnte so unwissend sein! Die Mezops leben auf den Inseln der Meere. Soweit ich jemals gehört habe, lebt kein Mezop anderswo, und auf den inseln leben keine anderen als mezops, aber natürlich kann es in anderen fernen ländern anders sein, ich weiß es nicht, jedenfalls in diesem meer und in jenen in der nähe, es ist wahr, dass nur menschen meiner rasse auf den inseln leben.

"Wir sind Fischer, obwohl wir auch große Jäger sind, die oft auf das Festland gehen, um das Wild zu suchen, das auf allen Inseln außer den größeren selten ist. Und wir sind auch Krieger", fügte er stolz hinzu. "sogar die sagoths der mahars fürchten uns. Einmal, als pellucidar jung war, pflegten die sagoths, uns für sklaven zu fangen, wie sie die anderen männer von pellucidar tun, es wird von vater zu sohn unter uns weitergegeben, dass dies so ist; aber wir kämpften so verzweifelt und töteten so viele Sagoths, und diejenigen von uns, die gefangen genommen wurden, töteten so viele Mahars in ihren eigenen Städten, dass sie endlich erfuhren, dass es besser war, uns in Ruhe zu lassen, und später kam die Zeit, in der die Mahars auch wurden träge, sogar ihre eigenen Fische zu fangen, außer zum Vergnügen, und dann brauchten sie uns, um ihre Bedürfnisse zu befriedigen, und so wurde ein Waffenstillstand zwischen den Rassen geschlossen.Jetzt geben sie uns bestimmte Dinge, die wir nicht im Gegenzug für den Fisch produzieren können, den wir fangen, und die Mezops und die Mahars leben in Frieden.

"Die Großen kommen sogar auf unsere Inseln. Dort üben sie, weit weg von den neugierigen Blicken ihrer eigenen Sagoten, ihre religiösen Riten in den Tempeln aus, die sie mit unserer Hilfe dort errichtet haben. Wenn Sie unter uns leben, werden Sie zweifellos sehen die Art und Weise ihrer Anbetung, die in der Tat seltsam und für die armen Sklaven, die sie mitbringen, um daran teilzunehmen, am unangenehmsten ist. "

Als ja redete, hatte ich eine ausgezeichnete Gelegenheit, ihn genauer zu untersuchen. Er war ein riesiger Kerl, ich sollte sagen, sechs Fuß sechs oder sieben Zoll, gut entwickelt und von einem kupferroten, nicht unähnlich dem unseres eigenen nordamerikanischen Indianers, und seine Gesichtszüge waren auch nicht anders als ihre. Er hatte die Adlernase bei vielen der höheren Stämme gefunden, die vorstehenden Wangenknochen und die schwarzen Haare und Augen, aber sein Mund und seine Lippen waren besser geformt. Alles in allem war ja ein beeindruckendes und hübsches Wesen, und er sprach auch gut, selbst in der elenden Behelfssprache, zu der wir gezwungen waren.

Während unseres gesprächs nahm ja das paddel und trieb das skiff mit heftigen stößen auf eine große insel zu, die etwa eine halbe meile vom festland entfernt lag. Die Fähigkeit, mit der er mit seinem rohen und unbeholfenen Handwerk umging, erregte meine tiefste Bewunderung, da es so kurz zuvor gewesen war, dass ich so erbärmliche Arbeit daraus gemacht hatte.

Als wir den hübschen, ebenen strand berührten, sprang ja raus und ich folgte ihm. Gemeinsam zogen wir den Kahn weit in die Büsche, die jenseits des Sandes wuchsen.

"wir müssen unsere kanus verstecken", erklärte ja, "denn die mezops von luana führen immer krieg mit uns und würden sie stehlen, wenn sie sie finden", nickte er zu einer insel weiter draußen auf see und in einer so großen entfernung, dass es schien nur eine Unschärfe am fernen Himmel zu sein. Die Aufwärtskrümmung der Oberfläche von Pellucidar enthüllte den überraschten Augen des Äußerirdischen ständig das Unmögliche. Um zu sehen, wie sich Land und Wasser in der Ferne nach oben krümmten, bis es an der Kante zu stehen schien, an der es mit dem fernen Himmel verschmolz, und um zu spüren, dass Meere und Berge direkt über dem Kopf hingen, war eine völlige Umkehrung der Wahrnehmungs- und Denkfähigkeiten erforderlich fast zu blöd.

Kaum hatten wir das Kanu versteckt, tauchte Ja in den Dschungel ein und tauchte augenblicklich in einen schmalen, aber gut definierten Pfad ein, der sich wie die Autobahnen aller primitiven Völker hin und her schlängelte, aber es gab eine Besonderheit an diesem Mezop-Pfad was ich später finden sollte, unterschied sie von allen anderen Spuren, die ich jemals innerhalb oder außerhalb der Erde gesehen habe.

Es würde weiterlaufen, klar und deutlich und klar definiert, um plötzlich inmitten eines Gewirrs verfilzter Dschungel zu enden, dann würde sich ja ein Stück zurück in seine Spuren drehen, in einen Baum springen und durch ihn auf die andere Seite klettern Lassen Sie sich auf einen umgestürzten Baumstamm fallen, springen Sie über einen niedrigen Busch und steigen Sie erneut auf einen markanten Pfad, dem er ein kurzes Stück folgen würde, um sich direkt umzudrehen und seine Schritte zurückzuverfolgen, bis dieser neue Pfad nach einer Meile oder weniger so plötzlich endete und auf mysteriöse Weise wie der vorherige Abschnitt. Dann würde er wieder einige Medien durchlaufen, die keine Spur enthüllten, um den gerissenen Faden der Spur dahinter aufzunehmen.

Als der Zweck dieser bemerkenswerten Allee kam mir in den Sinn, die Schlauheit des uralten Vorfahren der Mezops zu bewundern, die auf diesen neuartigen Plan stießen, seine Feinde aus der Spur zu werfen und sie bei ihren Versuchen, ihm zu folgen, zu verzögern oder zu vereiteln seine tief vergrabenen Städte.

Für dich von der äußeren Erde mag es eine langsame und mühsame Methode sein, durch den Dschungel zu reisen, aber wenn du von Pellucidar wärst, würdest du erkennen, dass Zeit kein Faktor ist, bei dem Zeit nicht existiert. So labyrinthisch sind die Windungen dieser Pfade, so unterschiedlich sind die Verbindungsglieder und die Entfernungen, die man von den Enden der Pfade zurückverfolgen muss, um sie zu finden, dass ein Mezop oft das Anwesen des Menschen erreicht, bevor er mit denen vertraut ist, die von seinem eigenen führen Stadt zum Meer.

Tatsächlich bestehen drei Viertel der Ausbildung des jungen Mannes Mezop darin, sich mit diesen Dschungelstraßen vertraut zu machen, und der Status eines Erwachsenen wird weitgehend durch die Anzahl der Pfade bestimmt, denen er auf seiner eigenen Insel folgen kann. Die Weibchen lernen sie nie, da sie von Geburt an bis zum Tod die Lichtung, auf der sich das Dorf ihrer Geburt befindet, nie verlassen, es sei denn, sie werden von einem Männchen aus einem anderen Dorf zur Paarung gebracht oder von den Feinden ihres Stammes im Krieg gefangen genommen.

Nachdem wir durch den Dschungel gefahren waren, was über fünf Meilen gewesen sein musste, kamen wir plötzlich auf eine große Lichtung, in deren genauem Zentrum ein so seltsames Dorf lag, wie man es sich vorstellen könnte.

Große Bäume waren fünfzehn oder zwanzig Fuß über dem Boden abgeholzt worden, und auf ihren Oberseiten waren kugelförmige, schlammbedeckte Behausungen aus geflochtenen Zweigen errichtet worden. Jedes kugelförmige Haus war von einer Art Schnitzbild überragt, von dem ich hörte, dass es die Identität des Besitzers anzeigte.

Horizontale Schlitze, sechs Zoll hoch und zwei oder drei Fuß breit, dienten dazu, Licht und Belüftung zuzulassen. Die Eingänge zum Haus waren durch kleine Öffnungen in den Grundflächen der Bäume und von dort durch unhöfliche Leitern durch die hohlen Stämme nach oben zu den darüber liegenden Räumen. Die Größe der Häuser variierte von zwei bis zu mehreren Räumen. Das größte, das ich betrat, war in zwei Stockwerke und acht Wohnungen unterteilt.

Zwischen dem Dorf und dem Dschungel lagen wunderschön gepflegte Felder, auf denen die Mezops Getreide, Obst und Gemüse nach Bedarf züchteten. Frauen und Kinder arbeiteten in diesen Gärten, als wir in Richtung Dorf gingen. Als sie ja sahen, salutierten sie ehrerbietig, aber mir schenkten sie nicht die geringste Aufmerksamkeit. Unter ihnen und am äußeren Rand des bebauten Gebietes befanden sich viele Krieger. Auch diese salutierten ja, indem sie die Spitzen ihrer Speere direkt vor sich auf den Boden legten.

Ja führte mich zu einem großen haus im zentrum des dorfes - das haus mit acht zimmern - und brachte mich hinein und gab mir zu essen und zu trinken. Dort traf ich seine Freundin, ein hübsches Mädchen mit einem stillenden Baby in den Armen. Ja erzählte ihr, wie ich sein Leben gerettet hatte, und sie war danach sehr nett und gastfreundlich zu mir, erlaubte mir sogar, das winzige Bündel der Menschheit zu halten und zu amüsieren, von dem ich sagte, dass ich eines Tages den Stamm regieren würde, denn ja, so schien es war der Chef der Gemeinde.

Wir hatten gegessen und uns ausgeruht, und ich hatte geschlafen, sehr zu seiner Belustigung, denn es schien, dass er es selten tat, und dann schlug der rote Mann vor, dass ich ihn zum Tempel der Mahars begleite, der nicht weit von seinem Dorf liegt . "Wir sollten es nicht besuchen", sagte er; "aber die großen können nicht hören und wenn wir uns außer sicht halten, brauchen sie nie zu wissen, dass wir dort waren. Für meinen teil hasse ich sie und habe es immer getan, aber die anderen häuptlinge der insel halten es für das beste, das wir weiterhin pflegen die freundschaftlichen Beziehungen, die zwischen den beiden Rassen bestehen, sonst möchte ich nichts Besseres, als meine Krieger unter die abscheulichen Kreaturen zu führen und sie auszurotten - Pellucidar wäre ein besserer Ort zum Leben, wenn keiner von ihnen da wäre. "

Ich stimmte voll und ganz Jas Überzeugung zu, aber es schien schwierig zu sein, die dominierende Rasse der Pellucidar auszurotten. Im gespräch folgten wir dem verschlungenen weg zum tempel, auf den wir auf einer kleinen lichtung stießen, die von riesigen bäumen umgeben war, die denen ähnelten, die während des karbonzeitalters auf der äußeren kruste gedeihen mussten.

Hier befand sich ein mächtiger Tempel aus gehauenem Fels in Form eines rauen Ovals mit abgerundetem Dach, in dem sich mehrere große Öffnungen befanden. An den seiten des gebäudes waren keine türen oder fenster zu sehen und es bestand auch keine notwendigkeit, mit ausnahme eines eingangs für die sklaven, da die mahars, wie ja erklärte, von und zu ihrem zeremoniellen platz flogen und das gebäude betraten und verließen mittels der Öffnungen im Dach.

"aber", fügte ja hinzu, "es gibt einen Eingang in der Nähe des Fußes, von dem selbst die Mahars nichts wissen. Komm", und er führte mich über die Lichtung und gegen das Ende zu einem Haufen loser Steine, der am Fuße des Flusses lag Wand. Hier entfernte er ein paar große bowlders und enthüllte eine kleine öffnung, die direkt in das gebäude führte, oder so schien es, obwohl ich mich an einem engen ort extremer dunkelheit wiederfand, als ich eintrat.

"Wir sind innerhalb der Außenmauer", sagte ja. "es ist hohl. Folge mir genau."

Der rote Mann tastete ein paar Schritte vor sich her und stieg dann eine primitive Leiter hinauf, ähnlich der, die vom Boden zu den oberen Stockwerken seines Hauses führt. Wir stiegen für ungefähr vierzig Fuß auf, als das Innere des Raumes zwischen den Wänden anfing, heller zu werden, und stießen gegenwärtig auf eine Öffnung in der Innenwand, die uns einen ungehinderten Blick auf das gesamte Innere des Tempels gewährte.

Das Untergeschoss war ein riesiger Tank mit klarem Wasser, in dem zahlreiche abscheuliche Mahars träge auf und ab schwammen. Künstliche Inseln aus Granitfelsen übersäten dieses künstliche Meer, und auf einigen von ihnen sah ich Männer und Frauen wie ich.

"Was machen die Menschen hier?" Ich habe gefragt.

"Warte und du wirst sehen", antwortete ja. "Sie sollen eine führende Rolle bei den Zeremonien einnehmen, die auf die Ankunft der Königin folgen werden. Sie können dankbar sein, dass Sie sich nicht auf derselben Seite der Mauer wie sie befinden."

Kaum hatte er gesprochen, als wir ein großes Flügelschlagen darüber und einen Moment später eine lange Prozession der schrecklichen Pellucidar-Reptilien hörten, die langsam und majestätisch durch die große zentrale Öffnung im Dach flogen und stattlich um den Tempel kreisten.

Zuerst gab es mehrere Mahars und dann mindestens zwanzig beeindruckende Pterodaktylen - Thipdars, wie sie in Pellucidar genannt werden. Dahinter kam die Königin, flankiert von anderen Thipdars, wie sie es gewesen war, als sie in Phutra das Amphitheater betrat.

Dreimal drehten sie sich im Inneren der ovalen Kammer um, um sich endlich auf den feuchten, kalten Bowldern niederzulassen, die den äußeren Rand des Beckens säumen. In der Mitte einer Seite war der größte Felsen der Königin vorbehalten, und hier nahm sie ihren Platz ein, umgeben von ihrer schrecklichen Wache.

Alle lagen einige Minuten still, nachdem sie sich an ihren Plätzen niedergelassen hatten. Man hätte sie sich im stillen Gebet vorstellen können. Die armen Sklaven auf den winzigen Inseln beobachteten die schrecklichen Kreaturen mit großen Augen. Die Männer standen größtenteils aufrecht und stattlich mit verschränkten Armen und warteten auf ihr Schicksal. Aber die Frauen und Kinder klammerten sich aneinander und versteckten sich hinter den Männern. Sie sind eine edel aussehende Rasse, diese Höhlenmenschen von Pellucidar, und wenn unsere Vorfahren so wären, hätte sich die menschliche Rasse der äußeren Kruste im Lauf der Zeit eher verschlechtert als gebessert. Alles, was ihnen fehlt, ist die Gelegenheit. Wir haben Gelegenheit und sonst wenig.

Jetzt zog die Königin um. Sie hob ihren hässlichen Kopf und sah sich um; dann kroch sie sehr langsam an die Kante ihres Thrones und glitt geräuschlos ins Wasser. Sie schwamm den langen Panzer auf und ab und drehte sich an den Enden, als Sie gesehen haben, wie sich gefangene Robben in ihren winzigen Panzern drehten, sich auf den Rücken drehten und unter die Oberfläche tauchten.

Näher und näher zur Insel kam sie, bis sie schließlich vor der größten, die sich direkt gegenüber ihrem Thron befand, in Ruhe blieb. Sie hob ihren schrecklichen Kopf aus dem Wasser und richtete ihre großen, runden Augen auf die Sklaven. Sie waren fett und glatt, denn sie waren aus einer fernen Mahar-Stadt gebracht worden, in der Menschen in Scharen gehalten und gezüchtet und gemästet werden, während wir Rinder züchten und mästen.

Die Königin richtete ihren Blick auf ein dickes junges Mädchen. Ihr Opfer versuchte sich abzuwenden, verbarg das Gesicht in den Händen und kniete sich hinter eine Frau; Aber das Reptil starrte mit blinzelnden Augen so starr weiter, dass ich hätte schwören können, dass ihre Vision die Frau durchdrang und die Arme des Mädchens endlich die Mitte ihres Gehirns erreichten.

Langsam begann sich der Kopf des Reptils hin und her zu bewegen, aber die Augen blickten immer wieder auf das verängstigte Mädchen, und dann antwortete das Opfer. Sie wandte sich mit weit aufgerissenen, von Angst heimgesuchten Augen der Mahar-Königin zu, stand langsam auf und bewegte sich dann, als würde sie von einer unsichtbaren Kraft mitgenommen, in Trance direkt auf das Reptil zu. Ihre glasigen Augen waren auf die ihres Fängers gerichtet . Sie kam an den

Rand des Wassers und hielt auch nicht inne, sondern trat in die Untiefen neben der kleinen Insel. Weiter ging sie auf den Mahar zu, der sich nun langsam zurückzog, als würde er ihr Opfer weiterführen. Das Wasser stieg bis zu den Knien des Mädchens, und dennoch rückte sie vor, gefesselt von diesem feuchten Auge. Jetzt war das Wasser an ihrer Taille; jetzt ihre Achselhöhlen. Ihre Gefährten auf der Insel sahen entsetzt zu, hilflos, um ihr Schicksal abzuwenden, in dem sie eine eigene Vorhersage sahen.

Der Mahar sank jetzt, bis nur der lange Schnabel und die Augen über der Wasseroberfläche freigelegt waren, und das Mädchen war vorgerückt, bis das Ende dieses abstoßenden Schnabels nur noch ein oder zwei Zentimeter von ihrem Gesicht entfernt war und ihre entsetzten Augen festgenietet waren die des Reptils.

Jetzt floss das Wasser über Mund und Nase des Mädchens - ihre Augen und Stirn zeigten alles, was sich zeigte -, und dennoch ging sie nach dem zurückweichenden Mahar weiter. Der Kopf der Königin verschwand langsam unter der Oberfläche, und nachdem die Augen ihres Opfers verschwunden waren, weitete sich nur eine langsame Kräuselung zu den Ufern, um zu markieren, wo die beiden verschwunden waren.

Eine zeitlang herrschte im tempel stille. Die Sklaven waren regungslos vor Schrecken. Die mahars beobachteten die oberfläche des wassers auf das wiedererscheinen ihrer königin und an einem ende des tanks hob sich langsam ihr kopf. Sie wich zur Oberfläche zurück, die Augen starr vor sich, als sie das hilflose Mädchen in den Untergang schleppte.

Und dann sah ich zu meinem größten Erstaunen, wie die Stirn und die Augen der Jungfrau langsam aus den Tiefen kamen und dem Blick des Reptils folgten, als wäre sie unter der Oberfläche verschwunden. Immer weiter kam das Mädchen, bis sie in einem Wasser stand, das kaum bis zu den Knien reichte, und obwohl sie genug Zeit gehabt hatte, um dreimal unter der Oberfläche zu ertrinken, gab es keinen Hinweis außer ihrem tropfenden Haar und ihrem glänzenden Körper, dass sie war überhaupt untergetaucht.

Immer wieder führte die königin das mädchen in die tiefe und wieder hinaus, bis mir die unheimliche komik des dings auf die nerven ging, so dass ich zur rettung des kindes in den tank hätte springen können, wenn ich mich nicht fest im griff gehabt hätte.

Sobald sie viel länger als gewöhnlich unter ihnen waren, und als sie an die Oberfläche kamen, war ich entsetzt, als ich sah, dass einer der Arme des Mädchens verschwunden war - an der Schulter völlig abgeknabbert -, aber das arme Ding gab keinen Hinweis darauf, dass es Schmerzen bemerkte, nur das Das Entsetzen in ihren gesetzten Augen schien sich zu verstärken.

Als sie das nächste Mal auftauchten, war der andere Arm weg und dann die Brüste und dann ein Teil des Gesichts - es war schrecklich. Die armen Kreaturen auf den Inseln, die auf ihr Schicksal warteten, versuchten, ihre Augen mit den Händen zu bedecken, um den furchtbaren Anblick zu verbergen, aber jetzt sah ich, dass auch sie unter dem hypnotischen Bann der Reptilien standen, so dass sie sich nur mit ihren Augen vor Schrecken ducken konnten fixiert auf das schreckliche, was sich vor ihnen abspielte.

Endlich war die Königin viel länger unter sich als je zuvor, und als sie aufstand, kam sie allein und schwamm schläfrig auf ihren Bowlder zu. In dem Moment, in dem sie aufstieg, schien es das Signal für die anderen Mahars zu sein, in den Panzer einzudringen, und dann begann in größerem Maßstab eine Wiederholung der unheimlichen Aufführung, durch die die Königin ihr Opfer geführt hatte.

Nur die Frauen und Kinder fielen den Maharen zum Opfer - sie waren die schwächsten und zartesten -, und als sie ihren Appetit auf menschliches Fleisch gestillt hatten und einige von ihnen zwei und drei der Sklaven verschlungen hatten, gab es nur eine Schar ausgewachsener Sklaven Männer gingen, und ich dachte, dass diese aus irgendeinem Grund verschont bleiben sollten, aber so etwas war bei weitem nicht der Fall, denn als die letzte Mahar zu ihrem Felsen krabbelte, flogen die Thipdars der Königin in die Luft, umkreisten den Tempel einmal und zischten dann Dampfmaschinen stießen auf die restlichen Sklaven herab.

Es gab hier keine Hypnose - nur die schlichte, brutale Wildheit des Raubtiers, das sein Fleisch zerreißt, zerreißt und schluckt, aber dabei war es weniger schrecklich als die unheimliche Methode der Mahars. Als die Thipdars den letzten der Sklaven entsorgt hatten, schliefen alle Mahars auf ihren Felsen, und einen Moment später schwangen die großen Pterodaktylen auf ihre Posten neben der Königin zurück und fielen selbst in den Schlaf.

"ich dachte, die mahars schliefen selten, wenn überhaupt", sagte ich zu ja.

"Sie tun viele Dinge in diesem Tempel, die sie anderswo nicht tun", antwortete er. "die mahars von phutra sollen kein menschliches fleisch essen, aber sklaven werden von tausenden hierher gebracht und fast immer findet man mahars zur hand, um sie zu verzehren. Ich stelle mir vor, dass sie ihre sagoths nicht hierher bringen, weil sie sich für die schämen Übung, die nur unter den am wenigsten Fortgeschrittenen ihrer Rasse erreicht werden soll, aber ich würde mein Kanu gegen ein zerbrochenes Paddel wetten, dass es keinen Mahar gibt, sondern menschliches Fleisch isst, wann immer sie es bekommen kann. "

"Warum sollten sie etwas dagegen haben, menschliches Fleisch zu essen", fragte ich, "wenn es wahr ist, dass sie uns als niedere Tiere ansehen?"

"Nicht weil sie uns für gleich halten, sollen sie mit Abscheu auf diejenigen schauen, die unser Fleisch essen", antwortete ja; "es ist nur, dass wir warmblütige tiere sind. Sie würden nicht daran denken, das fleisch eines thag zu essen, was wir für eine solche delikatesse halten, genauso wenig wie ich daran denke, eine schlange zu essen. In der tat ist es schwierig zu erklären, warum dieses Gefühl unter ihnen existieren sollte. "

"Ich frage mich, ob sie ein einziges Opfer hinterlassen haben", bemerkte ich und beugte mich weit aus der Öffnung in der Felswand, um den Tempel besser inspizieren zu können. Direkt unter mir läppte das Wasser die ganze Seite der Mauer, und an dieser Stelle gab es eine Unterbrechung der Bowlders, wie auch an mehreren anderen Stellen an der Seite des Tempels.

Meine Hände ruhten auf einem kleinen Stück Granit, das einen Teil der Mauer bildete, und mein ganzes Gewicht erwies sich als zu viel für sie. Es rutschte und ich stürzte nach vorne. Ich konnte mich nicht retten und stürzte mich kopfüber ins Wasser.

Zum Glück war der Panzer zu diesem Zeitpunkt tief und ich erlitt keine Verletzung durch den Sturz, aber als ich an die Oberfläche stieg, füllte sich mein Verstand mit den Schrecken meiner Position, als ich an das schreckliche Verderben dachte, das mich in dem Moment erwartete, in dem die Augen von Die Reptilien fielen auf die Kreatur, die ihren Schlaf gestört hatte.

So lange ich konnte, blieb ich unter der Oberfläche und schwamm schnell in Richtung der Inseln, um mein Leben bis zum Äußersten zu verlängern. Endlich war ich gezwungen, mich nach luft zu erheben, und als ich einen entsetzten blick in richtung der mahars und der thipdars warf, war ich fast fassungslos zu sehen, dass kein einziger auf den felsen zurückblieb, wo ich sie zuletzt gesehen hatte, noch als Ich suchte den Tempel mit meinen Augen ab.

Für einen Moment war ich verwirrt, um die Sache zu erklären, bis ich realisierte, dass die Reptilien, die taub sind, nicht durch das Geräusch gestört werden konnten, das mein Körper machte, als es auf das Wasser traf, und dass es keine Zeit gibt Ich konnte nicht sagen, wie lange ich unter der Oberfläche gewesen war. Es war schwierig, nach irdischen Maßstäben herauszufinden - diese Frage der verstrichenen Zeit -, aber als ich mich darauf einließ, wurde mir klar, dass ich vielleicht eine Sekunde oder einen Monat oder gar nicht untergetaucht war. Sie haben keine Vorstellung von den seltsamen Widersprüchen und Unmöglichkeiten, die entstehen, wenn alle Methoden der Zeitmessung, wie wir sie auf Erden kennen, nicht existieren.

Ich wollte mich zu dem wunder beglückwünschen, das mich für den moment gerettet hatte, als die erinnerung an die hypnotischen kräfte der mahars mich mit der beunruhigung erfüllte, dass sie ihre unheimliche kunst auf mich ausüben, bis zu dem ende, dass ich mir nur vorstellte, ich zu sein allein im Tempel. Bei dem gedanken brach aus jeder pore kalter schweiß über mich aus und als ich vom wasser auf eine der winzigen inseln kroch, zitterte ich wie ein blatt - man kann sich den schrecklichen horror nicht vorstellen, den selbst der einfache gedanke an die abstoßenden mahars von pellucidar hatte veranlasst den menschlichen Verstand, zu spüren, dass Sie in ihrer Macht stehen - dass sie kriechen, schleimig und abscheulich sind, Sie unter das Wasser zu ziehen und Sie zu verschlingen! Es ist schrecklich.

Aber sie kamen nicht, und schließlich kam ich zu dem schluss, dass ich tatsächlich allein im tempel war. Wie lange ich alleine sein sollte, war die nächste Frage, die mich angegriffen hat, als ich noch einmal auf der Suche nach einem Mittel zur Flucht hektisch herumschwamm.

Mehrmals rief ich ja an, aber er musste gegangen sein, nachdem ich in den tank gefallen war, denn ich erhielt keine antwort auf meine schreie. Zweifellos hatte er sich meines Schicksals sicher gefühlt, als er mich aus unserem Versteck stürzen sah, und damit er nicht entdeckt wurde, war er vom Tempel in sein Dorf zurückgeeilt.

Ich wusste, dass es einen Eingang zum Gebäude neben den Türen im Dach geben musste, denn es schien nicht vernünftig zu glauben, dass die Tausenden von Sklaven, die hierher gebracht wurden, um die Mahars mit dem menschlichen Fleisch zu ernähren, nach dem sie sich sehnten, alle durch das Haus getragen würden Luft, und so setzte ich meine Suche fort, bis es schließlich durch die Entdeckung einiger loser Granitblöcke im Mauerwerk an einem Ende des Tempels belohnt wurde.

Eine kleine Anstrengung genügte, um genug von diesen Steinen zu entfernen, damit ich durch die Lichtung kriechen konnte, und einen Moment später war ich über den dazwischenliegenden Raum in den dichten Dschungel dahinter geeilt.

Hier sank ich keuchend und zitternd auf den verfilzten Gräsern unter den riesigen Bäumen, denn ich hatte das Gefühl, aus den Tiefen meines eigenen Grabes vor den grinsenden Todeszähnen geflohen zu sein. Welche Gefahren auch immer in diesem Inseldschungel verborgen lagen, es könnte keine geben, die so furchterregend ist wie die, denen ich gerade entkommen war. Ich wusste, dass ich dem Tod mutig genug begegnen könnte, wenn er nur in der Form eines vertrauten Tieres oder Menschen käme - alles andere als die abscheulichen und unheimlichen Mahars.

Ix

Das Gesicht des Todes

Ich muss vor Erschöpfung eingeschlafen sein. Als ich aufwachte, war ich sehr hungrig und nachdem ich mich eine Weile auf die Suche nach Obst gemacht hatte, machte ich mich auf den Weg durch den Dschungel, um den Strand zu finden. Ich wusste, dass die Insel nicht so groß war, aber dass ich das Meer leicht finden könnte, wenn ich mich nur in einer geraden Linie bewegen würde, aber es kam die Schwierigkeit, da es keine Möglichkeit gab, meinen Kurs zu lenken und es zu halten, die Sonne Natürlich immer direkt über meinem Kopf und die Bäume so dicht gedrängt, dass ich keinen entfernten Gegenstand sehen konnte, der mich in einer geraden Linie führen könnte.

So wie es war, musste ich eine weite Strecke gelaufen sein, seit ich viermal gegessen und zweimal geschlafen hatte, bevor ich das Meer erreicht hatte, aber zuletzt tat ich dies und mein Vergnügen beim Anblick wurde durch die zufällige Entdeckung eines Verborgenen erheblich verstärkt Kanu zwischen den Büschen, durch die ich kurz vor meiner Ankunft am Strand gestolpert war.

Ich kann Ihnen sagen, dass es nicht lange gedauert hat, bis ich dieses unangenehme Boot ans Wasser gezogen und weit vom Ufer weggeschoben habe. Meine erfahrung mit ja hatte mich gelehrt, dass ich, wenn ich ein anderes kanu stehlen wollte, schnell handeln und so schnell wie möglich weit außerhalb der reichweite des besitzers gelangen musste.

Ich muss auf die andere Seite der Insel gekommen sein, als ich sie betreten hatte, denn das Festland war nirgends zu sehen. Lange Zeit paddelte ich am Ufer entlang, bis ich in der Ferne das Festland erblickte. Als ich es sah, verlor ich keine Zeit, um meinen Kurs darauf auszurichten, denn ich hatte mich längst entschlossen, zu Phutra zurückzukehren und mich selbst aufzugeben, dass ich wieder mit Perry und dem haarigen Ghak zusammen sein könnte.

Ich hatte das Gefühl, dass ich ein Dummkopf war, der jemals versucht hatte, alleine zu fliehen, insbesondere angesichts der Tatsache, dass unsere Pläne, gemeinsam eine Pause für die Freiheit einzulegen, bereits gut formuliert waren. Natürlich erkannte ich, dass die Erfolgsaussichten unseres geplanten Vorhabens in der Tat gering waren, aber ich wusste, dass ich ohne Perry niemals die Freiheit genießen konnte, solange der alte Mann lebte, und ich hatte erfahren, dass die Wahrscheinlichkeit, dass ich ihn finden könnte, groß war weniger als leicht.

Wäre Perry tot gewesen, hätte ich gerne meine Kraft und meinen Verstand gegen die wilde und ursprüngliche Welt einsetzen sollen, in der ich mich befand. Ich hätte in einer felsigen Höhle in Abgeschiedenheit leben können, bis ich die Mittel gefunden hatte, mich mit den rohen Waffen der Steinzeit auszustatten, und mich dann auf die Suche nach ihr machte, deren Bild nun zum ständigen Begleiter meiner wachen Stunden geworden war, und die zentrale und geliebte Figur meiner Träume.

Aber nach meinem besten Wissen lebte Perry noch und es war meine Pflicht und mein Wunsch, wieder mit ihm zusammen zu sein, um die Gefahren und Wechselfälle der fremden Welt, die wir entdeckt hatten, zu teilen. Und Ghak auch; Der große, zottige Mann hatte einen Platz in den Herzen von uns beiden gefunden, denn er war in der Tat jeder Zentimeter ein Mann und ein König. Vielleicht unhöflich und auch brutal, wenn man es nach den Maßstäben der Zivilisation des 20. Jahrhunderts zu streng beurteilt, aber dennoch edel, würdevoll, ritterlich und liebenswert.

Zufällig gelangte ich an den strand, an dem ich jas kanu entdeckt hatte, und kurze zeit später kletterte ich das steile ufer hinauf, um meine schritte von der ebene des phutra zurückzuverfolgen. Aber meine Schwierigkeiten kamen, als ich den Canyon jenseits des Gipfels betrat, denn hier stellte ich fest, dass sich einige von ihnen an der Stelle befanden, an der ich die Kluft überquert hatte und an welche ich mich nicht erinnern konnte, um den Pass zu erreichen .

Es war alles eine Frage des Zufalls, und so machte ich mich auf den Weg, der mir am einfachsten erschien, und machte dabei den gleichen Fehler, den viele von uns bei der Wahl des Weges begangen haben, auf dem wir den Verlauf unseres Lebens verfolgen werden, und wieder gelernt, dass es nicht immer am besten ist, der Linie des geringsten Widerstands zu folgen.

Als ich acht Mahlzeiten gegessen und zweimal geschlafen hatte, war ich überzeugt, dass ich auf dem falschen Weg war, denn zwischen Phutra und dem Binnenmeer hatte ich überhaupt nicht geschlafen und nur einmal gegessen. Meine Schritte zum Gipfel der Kluft zurückzuverfolgen und eine andere Schlucht zu erkunden, schien die einzige Lösung meines Problems zu sein, aber eine plötzliche Erweiterung und Ebenheit der Schlucht kurz vor mir schien darauf hinzudeuten, dass sie sich in ein ebenes Land öffnen würde und mit Die Verlockung der Entdeckung, die auf mir lastete, beschloss ich, ein kurzes Stück weiter zu gehen, bevor ich mich umdrehte.

Die nächste Kurve des Canyons brachte mich zu seiner Mündung, und vor mir sah ich eine schmale Ebene, die hinunter zu einem Ozean führte. Zu meiner Rechten ging die Seite des Canyons weiter bis zum Rand des Wassers, wobei das Tal zu meiner Linken lag und der Fuß allmählich ins Meer mündete, wo sich ein breiter, ebener Strand bildete.

Klumpen fremder Bäume bedeckten die Landschaft hier und da fast bis zum Wasser, und zwischen ihnen wuchsen Gras und Farne. Von der Natur der Vegetation war ich überzeugt, dass das Land zwischen dem Ozean und den Ausläufern sumpfig war, obwohl es direkt vor mir bis zu dem sandigen Streifen trocken genug schien, auf dem sich das unruhige Wasser vorwärtsbewegte und zurückzog.

Die Neugier hat mich veranlasst, zum Strand zu gehen, denn die Szene war sehr schön. Als ich neben der tiefen und verworrenen Vegetation des Sumpfes vorbeiging, glaubte ich, eine Bewegung der Farne zu meiner Linken zu sehen, aber obwohl ich einen Moment innehielt, um nachzuschauen, wiederholte sie sich nicht, und wenn sich etwas dort versteckte, konnten meine Augen es nicht Dringe in das dichte Laub ein, um es zu erkennen.

Jetzt stand ich am Strand und schaute auf das weite und einsame Meer, über dessen verbotenen Busen sich noch kein Mensch getraut hatte, um herauszufinden, was für seltsame und mysteriöse Länder dahinter lagen oder welche unsichtbaren Inseln voller Reichtümer, Wunder oder Abenteuer waren. Welche wilden Gesichter, welche wilden und gewaltigen Bestien beobachteten in diesem Augenblick das Plätschern der Wellen an der anderen Küste! Wie weit reichte es? Perry hatte mir erzählt, dass die Meere von Pellucidar im Vergleich zu denen der äußeren Kruste klein waren, aber dennoch könnte dieser große Ozean seine weite Ausdehnung über Tausende von Kilometern ausdehnen. Seit unzähligen Jahrhunderten rollte es die unzähligen Meilen an der Küste auf und ab, und doch blieb es bis auf den winzigen Streifen, der von seinen Stränden aus sichtbar war, alles andere als unbekannt.

Die Faszination der Spekulation war stark auf mich gerichtet. Es war, als wäre ich in die Geburtszeit unserer eigenen Außenwelt zurückversetzt worden, um ihre Länder und Meere zu betrachten, bevor auch der Mensch sie durchquert hatte. Hier war eine neue Welt, ganz unberührt. Es hat mich gerufen, es zu erforschen. Ich träumte von der aufregung und dem abenteuer, die vor uns lagen und ich konnte nur den mahars entkommen, als etwas, ein leises geräusch, das ich mir vorstelle, meine aufmerksamkeit hinter mir auf sich zog.

Als ich mich umdrehte, nahmen Romantik, Abenteuer und Entdeckung in der Zusammenfassung Flügel vor der schrecklichen Verkörperung aller drei in konkreter Form an, die ich sah, als ich auf mich zukam.

Es war eine riesige, schleimige Amphibie mit einem krötenartigen Körper und den mächtigen Kiefern eines Alligators. Sein ungeheurer Kadaver musste Tonnen gewogen haben, und doch bewegte er sich schnell und leise auf mich zu. Auf der einen Seite war der Steilhang, der von der Schlucht zum Meer führte, auf der anderen Seite der furchterregende Sumpf, aus dem sich die Kreatur auf mich eingeschlichen hatte, dahinter lag das mächtige Meer ohne Spuren und vor mir in der Mitte des schmalen Weges, der dorthin führte Sicherheit stand auf diesem riesigen Berg von schrecklichem und bedrohlichem Fleisch.

Ein einziger blick auf das ding genügte, um mir zu versichern, dass ich mich einem dieser längst ausgestorbenen prähistorischen kreaturen gegenübersah, deren fossile reste sich in der äußeren kruste bis in die triassische formation, ein gigantisches labyrinthodon, befinden. Und da war ich unbewaffnet und mit Ausnahme eines Lendentuchs so nackt, wie ich auf die Welt gekommen war. Ich konnte mir vorstellen, wie mein erster Vorfahr diesen fernen, prähistorischen Morgen fühlte, den er zum ersten Mal mit dem schrecklichen Vorfahren des Dings in Berührung brachte, das mich jetzt neben dem unruhigen, mysteriösen Meer in die Enge getrieben hatte.

Zweifellos war er geflohen, oder ich hätte nicht in pellucidar oder anderswo sein sollen, und ich wünschte mir in diesem Moment, er hätte mir die verschiedenen Attribute weitergegeben, von denen ich vermutete, dass ich sie von ihm geerbt habe, die spezifische Anwendung des Selbsttriebs - Bewahrung, die ihn vor dem Schicksal bewahrte, das mir heute so nahe stand.

Flucht im Sumpf oder im Meer zu suchen, wäre wie in eine Löwengrube zu springen, um einem nach außen zu entkommen. Das Meer und der Sumpf lebten zweifellos mit diesen mächtigen fleischfressenden Amphibien, und wenn nicht, würde mich die Person, die mich bedrohte, mit gleicher Leichtigkeit entweder ins Meer oder in den Sumpf verfolgen.

Es schien nichts zu tun, als auf dem Rücken zu stehen und auf mein Ende zu warten. Ich dachte an perry - wie er sich fragen würde, was aus mir geworden war. Ich dachte an meine Freunde der Außenwelt und daran, wie sie ihr Leben in völliger Unkenntnis des seltsamen und schrecklichen Schicksals weiterleben würden, das mich überholt hatte, oder an die seltsame Umgebung, in der die letzte schreckliche Qual meines Aussterbens stattgefunden hatte . Und mit diesen Gedanken kam eine Erkenntnis, wie unwichtig für das Leben und Glück der Welt die Existenz eines jeden von uns ist. Wir werden vielleicht ohne Vorwarnung ausgelöscht, und für einen kurzen Tag sprechen unsere Freunde mit gedämpften Stimmen über uns. Am nächsten Morgen, während der erste Wurm damit beschäftigt ist, die Konstruktion unseres Sarges zu testen,Sie machen sich auf den Weg zum ersten Loch, um bei einem in Scheiben geschnittenen Ball mehr Leid zu empfinden, als bei unserem, für uns, vorzeitigen Untergang. Das labyrinthodon kam jetzt langsamer. Er schien zu begreifen, dass es für mich unmöglich war zu entkommen, und ich hätte schwören können, dass seine riesigen Kiefer mit Reißzähnen in freudiger Anerkennung meiner misslichen Lage grinsten, oder war es in Erwartung des saftigen Bissens, das sich so bald zwischen diesen gewaltigen Zähnen befinden würde?

Er war ungefähr fünfzehn Meter von mir entfernt, als ich eine Stimme hörte, die mich aus der Richtung der Klippe zu meiner

Linken anrief. Ich schaute und hätte entzückt schreien können, als mir der Anblick begegnete, denn da stand ja, winkte mir verzweifelt zu und drängte mich, dorthin zum Fuß der Klippe zu rennen.

Ich hatte keine Ahnung, dass ich dem Monster entkommen sollte, das mich zum Frühstück markiert hatte, aber zumindest sollte ich nicht allein sterben. Menschliche Augen würden mich enden sehen. Ich nehme an, es war ein kalter Trost, aber dennoch konnte ich ein wenig beruhigen, wenn ich darüber nachdachte.

Es schien lächerlich zu rennen, besonders in Richtung dieser steilen und unskalierbaren Klippe, und doch tat ich es, und als ich rannte, sah ich ja, wendig wie ein Affe, die steile Felswand hinabkriechen, an kleinen Vorsprüngen und zähen Kletterpflanzen festhalten das hatte hier und da Wurzelhaftung gefunden.

Der labyrinthodon glaubte offenbar, dass ja kommen würde, um seine menschenfleischmenge zu verdoppeln, so dass er es nicht eilig hatte, mich zur klippe zu verfolgen und diesen anderen leckerbissen zu verscheuchen. Stattdessen trottete er nur hinter mir her.

Als ich mich dem Fuß der Klippe näherte, sah ich, was ich vorhatte, aber ich bezweifelte, ob sich das Ding als erfolgreich erweisen würde. Er war bis auf einen Abstand von zwanzig Fuß zum Grund herabgestiegen, und da er sich mit einer Hand an einen kleinen Vorsprung klammerte und seine Füße prekär auf winzigen Büschen ruhten, die aus der festen Oberfläche des Felsens wuchsen, senkte er die Spitze seines langen Felsens Speer, bis er ungefähr einen Meter über dem Boden hing.

Jenen schlanken Schaft hinaufzuklettern, ohne Ja nach unten zu ziehen und beide in das gleiche Verderben zu treiben, aus dem der kupferfarbene mich zu retten versuchte, schien absolut unmöglich, und als ich mich dem Speer näherte, sagte ich Ja, und das konnte ich nicht riskiere ihn, um zu versuchen, mich zu retten.

Aber er bestand darauf, dass er wusste, was er tat und selbst in keiner Gefahr war.

"Die Gefahr liegt immer noch bei Ihnen", rief er, "denn wenn Sie sich nicht viel schneller bewegen als jetzt, wird der Sithiker über Sie herfallen und Sie zurückziehen, bevor Sie sich auf halber Höhe des Speers befinden - er kann sich aufrichten und Sie erreichen." mit Leichtigkeit überall dort, wo ich stehe. "

Nun ja, ich sollte seine eigenen Angelegenheiten kennen, dachte ich, und so griff ich nach dem Speer und kletterte so schnell ich konnte auf den roten Mann zu - so weit entfernt von meinen Affen-Vorfahren wie ich. Ich stelle mir vor, dass der langsame Sithiker, wie ihn Ja nannte, plötzlich unsere Absichten erkannte und dass er mit ziemlicher Wahrscheinlichkeit sein gesamtes Essen verlieren würde, anstatt es verdoppeln zu lassen, wie er es sich erhofft hatte.

Als er mich auf diesen Speer klettern sah, stieß er ein Zischen aus, das den Boden ziemlich erschütterte, und stürmte mit einer gewaltigen Geschwindigkeit auf mich zu. Zu diesem Zeitpunkt hatte ich die Spitze des Speers erreicht, oder fast. Weitere zehn Zentimeter würden mich an Jas Hand festhalten, als ich einen plötzlichen Ruck von unten spürte und ängstlich nach unten blickte und die mächtigen Kiefer des Monsters auf der scharfen Spitze der Waffe näher kamen.

Ich bemühte mich verzweifelt, zu jas hand zu gelangen, der sithiker zog gewaltig an sich, als er sich von seinem gebrechlichen halt auf der oberfläche des felsens löste, den speer von seinen fingern löste und sich immer noch daran festhielt mein Henker.

In dem Moment, in dem er spürte, wie der Speer von Jas Hand kam, musste die Kreatur seine riesigen Kiefer geöffnet haben, um mich zu fangen, denn als ich herunterkam, klammerte ich mich immer noch an das Ende der Waffe, die Spitze noch in seinem Mund und dem Das Ergebnis war, dass das geschärfte Ende seinen Unterkiefer durchbohrte.

Vor Schmerzen klappte er den Mund zu. Ich fiel auf seine schnauze, verlor den halt am speer, rollte sein gesicht und den kopf über seinen kurzen hals auf seinen breiten rücken und von dort auf den boden.

Selten hatte ich die Erde berührt, als ich auf meinen Füßen war, und stürzte wahnsinnig auf den Weg, auf dem ich dieses schreckliche Tal betreten hatte. Ein Blick über meine Schulter zeigte mir, dass der Sithiker den Speer, der in seinem Unterkiefer steckte, mit Füßen schlug. Er war so beschäftigt, dass ich die Sicherheit der Klippe erlangt hatte, bevor er bereit war, die Verfolgung aufzunehmen . Als er mich im Tal nicht in Sichtweite entdeckte, stürzte er zischend in die wilde Vegetation des Sumpfes, und das war das Letzte, was ich von ihm sah.

X

Wieder phutra

Ich beeilte mich zu der Klippe oberhalb von Ja und half ihm, einen sicheren Stand zu finden. Er würde keinen Dank für seinen Versuch hören, mich zu retten, der so nahe daran war, eine Fehlgeburt zu verursachen.

"Ich hatte dich verloren gegeben, als du in den Mahar-Tempel gestürzt bist", sagte er, "denn nicht einmal ich konnte dich aus ihren Fängen retten, und du kannst dir meine Überraschung vorstellen, als du ein Kanu am Strand der Insel hochgezogen siehst auf dem festland entdeckte ich deine eigenen fußspuren im sand daneben.

"Ich machte mich sofort auf die Suche nach dir und wusste genau wie ich, dass du völlig unbewaffnet und schutzlos gegen die vielen Gefahren sein musst, die sowohl in Form von wilden Tieren und Reptilien als auch von Männern auf dem Festland lauern. Ich hatte keine Schwierigkeiten es ist gut, dass ich angekommen bin, als ich es getan habe. "

"aber warum hast du es getan?" fragte ich, verwirrt über diese Show der Freundschaft eines Mannes aus einer anderen Welt und einer anderen Rasse und Farbe.

"Sie haben mir das Leben gerettet", antwortete er. "Von diesem Moment an wurde es meine Pflicht, dich zu beschützen und dich anzufreunden. Ich wäre kein wahrer Mezop gewesen, wenn ich mich meiner einfachen Pflicht entzogen hätte. Aber es war mir in diesem Fall ein Vergnügen, wenn ich dich mag. Ich wünschte, du würdest kommen und mit dir leben Ich, du wirst ein Mitglied meines Stammes. Unter uns gibt es die besten Jäger und Fischer, und du wirst die schönsten Mädchen von Pellucidar zur Auswahl haben. Willst du kommen?

Ich erzählte ihm von Perry und Dian, dem Schönen, und wie meine Pflicht ihnen gegenüber war. Danach sollte ich zurückkehren und ihn besuchen - falls ich jemals seine Insel finden könnte.

"Oh, das ist einfach, mein Freund", sagte er. "du musst nur zum fuß des höchsten gipfels der wolkenberge kommen. Dort findest du einen fluss, der in den lural az mündet. Direkt gegenüber der mündung des flusses siehst du drei große inseln weit draußen Soweit sie kaum zu erkennen sind, ist die äußerste Linke, wenn man sie von der Mündung des Flusses aus betrachtet, Anorok, wo ich den Stamm der Anorok regiere. "

"aber wie soll ich die Berge der Wolken finden?" Ich habe gefragt. "Männer sagen, dass sie von halben Pellucidar sichtbar sind", antwortete er.

"Wie groß ist Pellucidar?" Ich fragte mich, welche Art von Theorie diese primitiven Männer über die Form und Substanz ihrer Welt hatten.

"Die Mahars sagen, es ist rund wie das Innere einer Tola - Muschel", antwortete er, "aber das ist lächerlich, denn wenn es wahr wäre, sollten wir zurückfallen, wenn wir weit in jede Richtung reisen und alle Gewässer von pellucidar würde an eine stelle rennen und uns ertrinken nein pellucidar ist ziemlich flach und erstreckt sich kein mann weiß wie weit in alle richtungen an den rändern, so haben meine vorfahren berichtet und mir überliefert eine große mauer, die die erde verhindert und das wasser entweicht ins brennende meer, auf dem pellucidar schwimmt, aber ich war noch nie so weit vom anoroc entfernt, dass ich diese mauer mit eigenen augen gesehen habe, aber es ist durchaus vernünftig zu glauben, dass dies wahr ist, wohingegen es keine gibt Grund überhaupt im törichten Glauben der Mahars.laut ihnen gehen pellucidarians, die auf der gegenüberliegenden seite leben, immer mit den köpfen nach unten! "und ja lachte aufgeregt über den bloßen gedanken.

Es war offensichtlich, dass das menschliche Volk dieser inneren Welt nicht weit fortgeschritten war, und der Gedanke, dass die hässlichen Mahars sie so übertroffen hatten, war in der Tat sehr erbärmlich. Ich fragte mich, wie lange es dauern würde, diese Leute aus ihrer Unwissenheit zu befreien, selbst wenn es Perry und mir gegeben würde, es zu versuchen. Möglicherweise würden wir für unsere Schmerzen getötet werden, ebenso wie jene Männer der Außenwelt, die es wagten, die dichte Unwissenheit und den Aberglauben der jüngeren Tage der Erde herauszufordern. Aber es war die Mühe wert, wenn sich die Gelegenheit jemals bot.

Und dann fiel mir ein, dass hier eine gelegenheit war - dass ich einen kleinen anfang bei ja machen könnte, der mein freund war, und so die wirkung meines unterrichts auf einen pellucidarianer festhalten könnte.

"Ja", sagte ich, "was würden Sie sagen, wenn ich Ihnen sagen würde, dass die Mahar-Theorie der Form von Pellucidar richtig ist?"

"Ich würde sagen", antwortete er, "dass du entweder ein Idiot bist oder mich für einen gehalten hast."

"aber ja", beharrte ich, "wenn ihre theorie falsch ist, wie erklären sie die tatsache, dass ich in der lage war, durch die erde von der äußeren kruste nach pellucidar zu gelangen. Wenn ihre theorie richtig ist, ist alles ein flammenmeer darunter wir, in denen keine Völker existieren konnten, und doch komme ich aus einer großen Welt, die mit Menschen und Tieren und Vögeln und Fischen in mächtigen Ozeanen bedeckt ist. "

"Du lebst auf der Unterseite von Pellucidar und gehst immer mit dem Kopf nach unten?" er spottete. "Und sollte ich glauben, mein Freund, ich sollte in der Tat verrückt sein."

Ich versuchte, ihm die schwerkraft zu erklären und anhand der fallenden früchte zu veranschaulichen, wie unmöglich es für einen körper wäre, unter allen umständen von der erde zu fallen. Er hörte so aufmerksam zu, dass ich dachte, ich hätte einen Eindruck hinterlassen, und begann einen Gedankengang, der ihn zu einem teilweisen Verständnis der Wahrheit führen würde. Aber ich habe mich geirrt.

"Ihre eigene Illustration", sagte er schließlich, "beweist die Falschheit Ihrer Theorie." er ließ eine Frucht von seiner Hand auf den Boden fallen. "Sehen Sie", sagte er, "ohne Unterstützung fällt sogar diese winzige Frucht, bis sie auf etwas trifft, das sie aufhält. Wenn pellucidar nicht auf dem flammenden Meer unterstützt würde, würde es auch fallen, wenn die Frucht fällt - Sie haben es selbst bewiesen!" diesmal hatte er mich - man konnte es in seinen Augen sehen.

Es schien ein hoffnungsloser Job zu sein und ich gab ihn zumindest vorübergehend auf, denn als ich über die notwendige Erklärung unseres Sonnensystems und des Universums nachdachte, wurde mir klar, wie vergeblich es wäre, zu versuchen, sich die Sonne vorzustellen, die Mond, die Planeten und die unzähligen Sterne. Diejenigen, die in der inneren Welt geboren wurden, konnten sich solche Dinge nicht besser vorstellen, als wir uns von der äußeren Kruste auf Faktoren reduzieren können, die für unseren endlichen Verstand als Begriffe wie Raum und Ewigkeit wahrnehmbar sind.

"nun ja", lachte ich, "ob wir nun mit unseren Füßen auf oder ab gehen, hier sind wir und die Frage von größter Wichtigkeit ist nicht so sehr, woher wir kamen, als vielmehr, wohin wir jetzt gehen. Für meinen Teil ich." Ich wünschte, du könntest mich zu Phutra führen, wo ich mich noch einmal den Mahars überlassen könnte, damit meine Freunde und ich den Fluchtplan ausarbeiten, den die Sagoths unterbrachen, als sie uns versammelten und uns in die Arena fuhren, um Zeuge der Bestrafung zu werden Von den Sklaven, die den Gardisten getötet haben, wünsche ich mir jetzt, dass ich die Arena zu diesem Zeitpunkt nicht verlassen hätte, damit meine Freunde und ich uns retten können, während diese Verzögerung die Zerstörung all unserer Pläne bedeuten könnte, die von ihrer

Vollendung abhingen auf den anhaltenden Schlaf der drei Mahars, die in der Grube unter dem Gebäude lagen, in dem wir eingesperrt waren. "

"Sie würden in die Gefangenschaft zurückkehren?" weinte ja.

"Meine Freunde sind da", erwiderte ich, "die einzigen Freunde, die ich in Pellucidar habe, außer Ihnen. Was kann ich unter den gegebenen Umständen noch tun?"

Er dachte einen Moment lang schweigend nach. Dann schüttelte er traurig den Kopf.

"Es ist das, was ein tapferer Mann und ein guter Freund tun sollten", sagte er. "doch es scheint am törichtsten, denn die mahars werden dich höchstwahrscheinlich zum tod verurteilen, weil du weggelaufen bist, und so wirst du nichts für deine freunde tun, indem du zurückkehrst. Nie in meinem ganzen leben habe ich von einem gefangenen gehört, der zu den mahars von zurückkehrt es gibt nur wenige, die ihnen entkommen, obwohl es einige tun, und diese würden lieber sterben als zurückerobert zu werden. "

"ich sehe keinen anderen weg, ja", sagte ich, "obwohl ich dir versichern kann, dass ich lieber nach perry als nach phutra zum sheol gehen würde. Aber perry ist viel zu fromm, um die wahrscheinlichkeit überhaupt groß zu machen, dass ich jemals sollte." aufgefordert werden, ihn aus der ehemaligen Ortschaft zu retten. "

Ja fragte mich was sheol war, und als ich erklärte, so gut ich konnte, sagte er: "du sprichst von molop az, dem flammenden meer, auf dem pellucidar schwimmt. Alle toten, die im boden begraben sind, gehen dorthin. Stück für stück Stück für Stück werden sie von den kleinen Dämonen, die dort leben, heruntergetragen, und wir wissen das, weil wir beim Öffnen von

Gräbern feststellen, dass die Leichen teilweise oder vollständig abgetragen wurden die Vögel können sie finden und sie Stück für Stück in die tote Welt über dem Land des schrecklichen Schattens tragen. Wenn wir einen Feind töten, platzieren wir seinen Körper in den Boden, damit er zerbrechen kann. "

Während wir uns unterhielten, waren wir den Canyon hinaufgegangen, den ich zum großen Ozean und zu den Sithic gekommen war. Ja tat sein Bestes, um mich von der Rückkehr nach Phutra abzubringen, aber als er sah, dass ich dazu entschlossen war, erklärte er sich bereit, mich zu einem Punkt zu führen, von dem aus ich die Ebene sehen konnte, auf der die Stadt lag. Zu meiner überraschung war die entfernung aber kurz vom strand wo ich ja wieder getroffen hatte. Es war offensichtlich, dass ich viel Zeit damit verbracht hatte, den Windungen eines gewundenen Canyons zu folgen, während gleich hinter dem Kamm die Stadt der Phutra lag, in deren Nähe ich mehrmals gekommen sein musste.

Als wir über den Kamm stiegen und die Türme des Granittors sahen, die die Blumenebene zu unseren Füßen bedeckten, unternahm ich einen letzten Versuch, mich von meinem verrückten Vorsatz zu überzeugen und mit ihm zum Anoroc zurückzukehren, aber ich war fest entschlossen, und schließlich er verabschieden Sie sich von mir, versichert, dass er mich zum letzten Mal ansah.

Es tat mir leid, mich von Ja zu trennen, denn ich hatte ihn in der Tat sehr gemocht. Mit seiner verborgenen Stadt auf der Insel Anoroc als Stützpunkt und seinen wilden Kriegern als Eskorte Perry hätte ich viel auf dem Gebiet der Erkundung erreichen können, und ich hoffte, dass wir später zu Anoroc zurückkehren könnten, wenn wir erfolgreich auf der Flucht wären .

Es war jedoch eine großartige Sache, die zuerst erreicht werden musste - zumindest war es die großartige Sache für mich -, Dian, den Schönen, zu finden. Ich wollte den Affront wieder gut machen, den ich ihr in meiner Unwissenheit auferlegt hatte, und ich wollte - nun, ich wollte sie wiedersehen und mit ihr zusammen sein.

Ich ging den Hang hinunter in das prächtige Blumenfeld und dann über das hügelige Land zu den schattenlosen Säulen, die den Weg zu vergrabenen Phutra bewachen. Eine Viertelmeile vom nächsten Eingang entfernt wurde ich von der Wache der Sagoth entdeckt, und im Nu stürmten vier der Gorillamänner auf mich zu.

Obwohl sie mit ihren langen speeren schwangen und wie wilde comanches schrien, schenkte ich ihnen nicht die geringste aufmerksamkeit und ging leise auf sie zu, als wüsste ich nichts von ihrer existenz. Meine Art hatte die Wirkung auf sie, die ich gehofft hatte, und als wir uns ziemlich nahe kamen, hörten sie auf, wild zu schreien. Es war offensichtlich, dass sie erwartet hatten, dass ich mich umdrehte und bei ihrem Anblick floh, um das darzustellen, was sie am meisten genossen, ein sich bewegendes menschliches Ziel, auf das sie ihre Speere werfen konnten.

"Was machst du hier?" schrie einer, und als er mich dann erkannte, "ho! Es ist der Sklave, der behauptet, aus einer anderen Welt zu sein - er, der geflohen ist, als der Thag im Amphitheater festgerannt ist. Aber warum kommst du zurück, nachdem er einmal deine Flucht gut gemacht hat? "

"Ich bin nicht 'entkommen'", antwortete ich. "Ich bin aber davongelaufen, um dem Thag auszuweichen, wie andere auch, und als ich in eine lange Passage geriet, war ich verwirrt und verirrte mich in den Ausläufern hinter Phutra. Erst jetzt habe ich meinen Weg zurück gefunden."

"und du kommst von deinem freien Willen zurück zu Phutra!"
rief einer der Gardisten aus.

"Wohin könnte ich sonst gehen?" Ich habe gefragt. "Ich bin ein
Fremder in Pellucidar und kenne keinen anderen Ort als Phutra.
Warum sollte ich nicht in Phutra sein wollen? Bin ich nicht gut
ernährt und gut behandelt? Bin ich nicht glücklich? Was könnte
der Mensch besser begehren?"

Die sagoths kratzten sich am kopf. Dies war eine neue Sache für
sie, und als blöde Bestien brachten sie mich zu ihren Herren, von
denen sie glaubten, dass sie besser geeignet wären, das Rätsel
meiner Rückkehr zu lösen, denn Rätsel, über das sie noch
nachdachten.

Ich hatte mit den Sagoths gesprochen, wie ich es getan hatte, um
sie vom Geruch meines beabsichtigten Fluchtversuchs
abzuhalten. Wenn sie dachten, dass ich mit meinem Los
innerhalb von Phutra so zufrieden wäre, dass ich freiwillig
zurückkehren würde, wenn ich einmal eine so hervorragende
Gelegenheit zur Flucht gehabt hätte, würden sie sich keinen
Augenblick vorstellen, dass ich sofort nach meiner Rückkehr
damit beschäftigt sein könnte, eine weitere Flucht zu arrangieren
in die Stadt.

Also führten sie mich vor einen schleimigen Mahar, der sich in
dem großen Raum, in dem sich das Büro befand, an einen
schleimigen Felsen klammerte. Mit kalten Reptilienaugen schien
sich die Kreatur durch das dünne Furnier meiner Täuschung zu
bohren und meine tiefsten Gedanken zu lesen. Es beachtete die
Geschichte, die die Sagoten von meiner Rückkehr nach Phutra
erzählten und beobachtete die Lippen und Finger der
Gorillamänner während des Vortrags. Dann hat es mich durch
einen der sagoths befragt.

"Sie sagen, dass Sie freiwillig zu Phutra zurückgekehrt sind, weil Sie sich hier besser fühlen als anderswo - wissen Sie nicht, dass Sie der nächste Auserwählte sein könnten, der Ihr Leben im Interesse der wunderbaren wissenschaftlichen Untersuchungen aufgibt, die unsere Gelehrte sind ständig beschäftigt mit? "

Ich hatte noch nichts davon gehört, aber ich dachte am besten, ich gebe es nicht zu.

"Ich könnte hier nicht gefährlicher sein", sagte ich, "als nackt und unbewaffnet in den wilden Dschungeln oder auf den einsamen Ebenen von Pellucidar. Ich hatte das Glück, überhaupt zu Phutra zurückzukehren, wie es mir gerade recht war." Ich bin mir sicher, dass ich in den Händen intelligenter Kreaturen wie der Herrschafts-Phutra sicherer bin, zumindest wäre dies in meiner eigenen Welt der Fall, in der Menschen wie ich selbst die oberste Herrschaft ausüben. Dort gewähren die höheren Rassen des Menschen dem Fremden Schutz und Gastfreundschaft innerhalb ihrer Tore, und da ich hier ein Fremder bin, bin ich natürlich davon ausgegangen, dass mir eine ähnliche Höflichkeit zuteil wird. "

Der mahar sah mich eine zeit lang schweigend an, nachdem ich aufgehört hatte zu sprechen und der sagoth meine worte an seinen meister übersetzt hatte. Die Kreatur schien tief in Gedanken versunken zu sein. Zur Zeit übermittelte er der Sagoth eine Nachricht. Dieser drehte sich um und bedeutete mir, ihm zu folgen. Er ließ das Reptil zurück. Hinter und zu beiden Seiten von mir marschierte das Gleichgewicht der Wache.

"Was werden sie mit mir machen?" Ich fragte den Kerl zu meiner Rechten.

"Sie sollen vor den Gelehrten erscheinen, die Sie bezüglich dieser fremden Welt, aus der Sie sagen, dass Sie kommen, befragen werden."

Nach einem Moment der Stille wandte er sich wieder an mich.

"Weißt du zufällig," fragte er, "was die Mahars mit Sklaven machen, die sie anlügen?"

"Nein", antwortete ich, "und es interessiert mich auch nicht, da ich nicht die Absicht habe, die Mahars anzulügen."

"Dann passen Sie auf, dass Sie nicht die unmögliche Geschichte wiederholen, die Sie gerade erzählt haben - eine andere Welt, in der Menschen herrschen!" schloss er mit feiner Verachtung.

"aber es ist die wahrheit", beharrte ich. "Woher bin ich denn sonst gekommen? Ich bin kein Pellucidar. Jeder mit einem halben Auge kann das sehen."

"Dann ist es dein Unglück", bemerkte er trocken, "dass du nicht von einem mit einem halben Auge beurteilt wirst."

"Was werden sie mit mir machen", fragte ich, "wenn sie nicht Lust haben, mir zu glauben?"

"Sie werden möglicherweise in die Arena verurteilt oder gehen an die Box, um von den Gelehrten für Forschungsarbeiten verwendet zu werden", antwortete er.

"Und was werden sie dort mit mir machen?" Ich bestand darauf.

"Niemand weiß es außer den Maharen und denen, die mit ihnen an die Grube gehen, aber da diese niemals zurückkehren, bringt ihnen ihr Wissen nur wenig. Es heißt, dass die Gelehrten ihre Fächer zerschneiden, solange sie noch am Leben sind viele nützliche Dinge zu lernen, aber ich sollte mir nicht vorstellen, dass es sich für den, der zerschnitten wurde, als sehr nützlich erweisen würde, aber das ist natürlich alles andere als eine

Vermutung. Und er grinste, als er sprach. Die Sagoten haben einen ausgeprägten Sinn für Humor.

"und nehme an, es ist die Arena", fuhr ich fort; "was dann?"

"Sie haben die beiden gesehen, die den Tarag und den Thag getroffen haben, als Sie geflohen sind?" er sagte.

"Ja."

"Ihr Ende in der Arena wäre ähnlich wie das, was für sie bestimmt war", erklärte er, "obwohl natürlich nicht die gleichen Arten von Tieren eingesetzt werden könnten."

"Ist es sicher, dass der Tod in jedem Fall?" Ich habe gefragt.

"Was aus denen wird, die mit den Gelehrten untergehen, weiß ich nicht, noch tut irgendein anderer," antwortete er; "Aber diejenigen, die in die Arena gehen, können lebend herauskommen und so ihre Freiheit wiedererlangen, wie auch die beiden, die Sie gesehen haben."

"Sie haben ihre Freiheit erlangt? Und wie?"

"Es ist der Brauch der Mahars, diejenigen zu befreien, die in der Arena am Leben bleiben, nachdem die Bestien verschwunden sind oder getötet wurden. So ist es vorgekommen, dass mehrere mächtige Krieger aus fernen Ländern, die wir bei unseren Sklavenüberfällen erobert haben, gegen den Krieg gekämpft haben Bestien haben sich gegen sie gewandt und sie getötet, wodurch sie ihre Freiheit erlangt haben. In dem Fall, in dem Sie gesehen haben, wie die Bestien sich gegenseitig getötet haben, war das Ergebnis dasselbe - der Mann und die Frau wurden befreit, mit Waffen ausgestattet und begannen ihre Heimreise Auf der linken Schulter eines jeden wurde ein Mal verbrannt -

das Mal der Mahars -, das diese beiden für immer vor Sklavenpartys schützen wird. "

"Es gibt dann eine geringe Chance für mich, wenn ich in die Arena geschickt werde, und überhaupt keine, wenn die Gelehrten mich an die Box ziehen?"

"Sie haben völlig recht," antwortete er; "Aber beglückwünsch dich nicht zu schnell, wenn du in die Arena geschickt wirst, denn es gibt kaum einen von tausend, der lebend herauskommt."

Zu meiner Überraschung brachten sie mich in dasselbe Gebäude zurück, in dem ich vor meiner Flucht mit Birnenfäule und Ghak eingesperrt war. An der Tür wurde ich den Wachen übergeben.

"Er wird zweifellos in Kürze vor den Ermittlern angerufen", sagte derjenige, der mich zurückgebracht hatte, "und sei bereit für ihn."

Die Wachen, in deren Händen ich mich jetzt befand, hielten es offensichtlich für sicher, mir Freiheit innerhalb des Gebäudes zu geben, als ich hörte, dass ich freiwillig zu Phutra zurückgekehrt war, wie es die Sitte vor meiner Flucht war, und so war ich sagte, ich solle zu meiner früheren Pflicht zurückkehren.

Meine erste Handlung war, Perry zu jagen, den ich wie üblich über die großen Bände stöberte, die er bloß abstauben und in neue Regale umlagern sollte.

Als ich den Raum betrat, blickte er auf und nickte mir freundlich zu, nur um seine Arbeit fortzusetzen, als wäre ich nie weg gewesen. Ich war sowohl erstaunt als auch verletzt über seine Gleichgültigkeit. Und zu denken, dass ich den Tod riskierte, um rein aus Pflichtgefühl und Zuneigung zu ihm zurückzukehren!

"warum, perry!" rief ich aus, "hast du nach meiner langen abwesenheit kein wort für mich?"

"lange Abwesenheit!" wiederholte er offensichtlich erstaunt. "Was meinst du?"

"Bist du verrückt, Perry? Willst du damit sagen, dass du mich seitdem nicht mehr vermisst hast?"

"'diesmal'", wiederholte er. "warum mann, ich bin doch gerade von der arena zurückgekehrt! Du bist hier angekommen, fast sobald ich. Wärst du viel später gewesen, hätte ich mir in der tat sorgen müssen, und so wie es ist, hatte ich vorgehabt dich zu fragen, wie du dem biest als entkommen bist Sobald ich die Übersetzung dieser interessantesten Passage fertiggestellt hatte. "

"Perry, du bist verrückt", rief ich aus. "warum, der herr weiß nur, wie lange ich weg war. Ich war in anderen ländern, entdeckte eine neue menschenrasse in pellucidar, sah die mahars bei ihrer anbetung in ihrem versteckten tempel und entkam kaum mit meinem leben von ihnen und von einem großen labyrinthodon, das ich später nach meinen langen und mühsamen Wanderungen durch eine unbekannte welt getroffen habe: ich muss monatelang weg gewesen sein, perry, und jetzt schaust du kaum noch von deiner arbeit auf, wenn ich zurückkomme und darauf bestehe, dass wir getrennt sind, aber ist das eine art, einen freund zu behandeln? Ich bin überrascht von dir, perry, und wenn ich für einen moment gedacht hätte, dass du dich nicht mehr für mich interessierst als das, dann hätte ich nicht zum zufälligen tod zurückkehren sollen von den Mahars um deinetwillen. "

Der alte Mann sah mich lange an, bevor er sprach. Auf seinem runzligen Gesicht war ein verwirrter Ausdruck zu sehen, und in seinen Augen lag ein Ausdruck der Trauer.

"David, mein Junge", sagte er, "wie könntest du für einen Moment an meiner Liebe zu dir zweifeln? Es gibt hier etwas Seltsames, das ich nicht verstehen kann. Ich weiß, dass ich nicht böse bin, und ich bin mir ebenso sicher, dass du es nicht bist." aber wie um alles in der Welt sollen wir die seltsamen Halluzinationen erklären, die jeder von uns in Bezug auf die Zeit zu hegen scheint, seit wir uns das letzte Mal gesehen haben? Sie sind sich sicher, dass Monate vergangen sind, während es mir genauso sicher erscheint dass ich vor nicht mehr als einer stunde neben dir im amphitheater gesessen habe. Kann es sein, dass wir beide recht haben und gleichzeitig unrecht haben? Sag mir zuerst, wie spät es ist und dann kann ich vielleicht unser problem lösen Verstehst du meine Bedeutung? "

Ich habe es nicht gesagt.

"ja", fuhr der alte mann fort, "wir haben beide recht. Zu mir, über mein buch hier gebeugt, ist keine zeit vergangen. Ich habe wenig oder nichts getan, um meine energien zu verschwenden und brauchte weder essen noch schlafen Aber im Gegenteil, Sie sind gegangen und haben gekämpft und haben Kraft und Gewebe verschwendet, die durch Nahrung und Nahrung wieder aufgebaut werden müssen. Nachdem Sie also seit dem letzten Mal mehrmals gegessen und geschlafen haben, messen Sie natürlich den Zeitverlauf weitgehend daran Tatsächlich, David, bin ich schnell zu der Überzeugung gelangt, dass es keine Zeit gibt - sicherlich kann es hier in Pellucidar keine Zeit geben, in der es keine Mittel gibt, die Zeit zu messen oder aufzuzeichnen. Die mahars selbst berücksichtigen so etwas wie zeit nicht, ich finde hier in all ihren literarischen werken nur eine einzige form, die gegenwart.bei ihnen scheint es weder Vergangenheit noch Zukunft zu geben. Natürlich ist es für unsere äußerlich-irdischen Geister unmöglich, einen solchen Zustand zu erfassen, aber unsere jüngsten Erfahrungen scheinen seine Existenz zu belegen. "

Es war ein zu großes thema für mich, und ich sagte es, aber perry schien nichts besseres zu genießen als darüber zu spekulieren, und nachdem er mit interesse auf meinen bericht über die abenteuer gehört hatte, durch die ich gegangen war, kehrte er noch einmal zum thema zurück, das er mit beträchtlicher Geläufigkeit erweiterte, als er durch den Eingang eines Sagoth unterbrochen wurde.

"Kommen Sie!" befahl der Eindringling und winkte mir zu. "Die Ermittler würden mit Ihnen sprechen."

"Auf Wiedersehen, Perry!" sagte ich und ergriff die Hand des alten Mannes. "es mag nichts als die gegenwart und keine zeit geben, aber ich habe das gefühl, dass ich eine reise ins jenseitige unternehmen werde, von der ich niemals zurückkehren werde. Wenn es dir und ghak gelingen sollte zu entkommen, möchte ich, dass du es mir versprichst dass du dian die Schöne finden wirst und ihr sagst, dass ich sie mit meinen letzten Worten um Vergebung für die unbeabsichtigte Beleidigung gebeten habe, die ich ihr auferlegt habe, und dass mein einziger Wunsch war, lange genug verschont zu werden, um das Unrecht zu korrigieren, das ich ihr angetan habe. "

Tränen traten in Perrys Augen.

"Ich kann es nicht glauben, aber dass du wiederkommst, David", sagte er. "es wäre schrecklich, daran zu denken, das Gleichgewicht meines Lebens ohne dich unter diesen hasserfüllten und abstoßenden Kreaturen zu leben. Wenn du weggenommen wirst, werde ich niemals fliehen, denn ich fühle mich hier so wohl, wie ich irgendwo drinnen sein sollte diese vergrabene Welt. Auf Wiedersehen, mein Junge, auf Wiedersehen! " und dann stockte seine alte Stimme und brach, und als er sein Gesicht in seinen Händen verbarg, packte mich der Wachmann der Sagoth grob an der Schulter und schob mich aus der Kammer.

Xi

Vier tote mahars

Einen moment später stand ich vor einem dutzend mahars - den
sozialforschern von phutra. Sie stellten mir viele Fragen durch
einen sagothischen Dolmetscher. Ich antwortete ihnen alle
wahrheitsgemäß. Sie schienen besonders interessiert an meinem
Bericht über die äußere Erde und das seltsame Fahrzeug zu sein,
das Perry und mich nach Pellucidar gebracht hatte. Ich dachte,
ich hätte sie überzeugt, und nachdem sie nach meiner
Untersuchung eine lange Zeit still gesessen hatten, erwartete ich,
in mein Quartier zurückgebracht zu werden.

Während dieser scheinbaren Stille diskutierten sie durch das
Medium der seltsamen, unausgesprochenen Sprache über die
Vorzüge meiner Geschichte. Schließlich teilte der Leiter des
Tribunals dem für die Wache der Sagoth zuständigen Offizier
das Ergebnis ihrer Konferenz mit.

"Komm", sagte er zu mir, "du wirst zu Versuchsgruben
verurteilt, weil du es gewagt hast, die Intelligenz der Mächtigen
mit der lächerlichen Geschichte zu beleidigen, mit der du die
Kühnheit hattest, dich ihnen zu entfalten."

"Meinst du, dass sie mir nicht glauben?" fragte ich total erstaunt.

"Glaub dir!" er lachte. "Wollen Sie damit sagen, dass Sie
erwartet haben, dass jemand eine so unmögliche Lüge glaubt?"

Es war hoffnungslos, und so ging ich schweigend neben meiner Wache durch die dunklen Korridore und Landebahnen auf mein schreckliches Schicksal zu. Auf einer niedrigen Ebene stießen wir auf eine Reihe von beleuchteten Kammern, in denen wir viele Mahars sahen, die in verschiedenen Berufen tätig waren. Zu einer dieser Kammern begleitete mich meine Wache, und bevor sie mich verließ, ketteten sie mich an eine Seitenwand. Es gab andere Menschen, die ähnlich angekettet waren. Auf einem langen Tisch lag ein Opfer, als ich in den Raum geführt wurde. Mehrere Mahars standen um die arme Kreatur herum und hielten ihn fest, sodass er sich nicht bewegen konnte. Eine andere ergriff mit ihrem dreizehigen Vorderfuß ein scharfes Messer und legte Brust und Bauch des Opfers offen. Es war keine Betäubung verabreicht worden und die Schreie und das Stöhnen des gefolterten Mannes waren fürchterlich zu hören. Dies war in der Tat eine Vivisektion mit aller Macht.kalter Schweiß brach auf mich aus, als ich realisierte, dass bald meine Umdrehung kommen würde. Und zu denken, dass ich mir leicht vorstellen könnte, dass mein Leiden monatelang andauerte, bevor der Tod mich schließlich befreite, wenn es keine Zeit gab!

Die Mahars hatten mir nicht die geringste Aufmerksamkeit geschenkt, als ich in den Raum gebracht worden war. Sie waren so tief in ihre Arbeit vertieft, dass sie sicher nicht einmal wussten, dass die Sagoten mit mir eingedrungen waren. Die Tür war in der Nähe. Würde das ich es erreichen könnte! Aber diese schweren Ketten schlossen jede solche Möglichkeit aus. Ich suchte nach einem Ausweg aus meinen Fesseln. Auf dem Boden zwischen mir und den Mahars lag ein winziges chirurgisches Instrument, das einer von ihnen fallen lassen musste. Es sah nicht anders aus als ein Knopfhaken, war aber viel kleiner und seine Spitze wurde geschärft. Hundertmal in meiner Kindheit hatte ich mit einem Knopfhaken Schlösser geknöpft. Könnte ich nur dieses kleine Stück polierten Stahls erreichen, könnte ich zumindest eine vorübergehende Flucht bewirken.

Als ich an die Grenze meiner Kette krabbelte, stellte ich fest, dass ich mit einer Hand, so weit ich konnte, immer noch einen Zentimeter hinter dem begehrten Instrument zurückblieb. Es war verlockend! Dehne jede Faser meines Seins so, wie ich es tun würde, ich könnte es nicht ganz schaffen.

Endlich drehte ich mich um und streckte einen Fuß nach dem Objekt aus. Mein Herz schlug mir bis zum Hals! Ich könnte das Ding einfach anfassen! Aber nehmen wir an, ich würde es versehentlich noch weiter weg schieben, um es auf mich zu ziehen, und damit völlig außer Reichweite! Aus jeder Pore brach mir kalter Schweiß aus. Langsam und vorsichtig machte ich die anstrengung. Meine Zehen fielen auf das kalte Metall. Allmählich arbeitete ich es auf mich zu, bis ich spürte, dass es in Reichweite meiner Hand war und einen Moment später hatte ich mich umgedreht und das Kostbare war in meinem Griff.

Eifrig fiel ich hin, um an dem Mahar-Schloss zu arbeiten, das meine Kette hielt. Es war erbärmlich einfach. Ein Kind hätte es vielleicht gepflückt, und einen Moment später war ich frei. Die mahars erledigten nun offenbar ihre arbeit am tisch. Einer wandte sich bereits ab und untersuchte andere Opfer, offensichtlich mit der Absicht, das nächste Thema auszuwählen.

Die am Tisch hatten mir den Rücken zugewandt. Aber für die Kreatur, die auf uns zugeht, wäre ich vielleicht diesem Moment entkommen. Langsam näherte sich das Ding mir, als seine Aufmerksamkeit von einem riesigen Sklaven erregt wurde, der ein paar Meter rechts von mir angekettet war. Hier blieb das Reptil stehen und begann vorsichtig über den armen Teufel zu gehen, und als es dies tat, drehte es sich für einen Moment zu mir um, und in diesem Moment gab ich zwei mächtige Sprünge, die mich aus der Kammer in den Korridor dahinter hinunter trugen welches ich mit der ganzen Geschwindigkeit lief, die ich befehlen konnte.

Wo ich war oder wohin ich ging, wusste ich nicht. Mein einziger Gedanke war, so viel Abstand wie möglich zwischen mich und diese schreckliche Folterkammer zu stellen.

Momentan reduzierte ich meine geschwindigkeit auf einen flotten spaziergang und erkannte später die gefahr, in eine neue zwangslage zu geraten. War ich nicht vorsichtig, bewegte ich mich noch langsamer und vorsichtiger. Nach einer Weile kam ich zu einer Passage, die mir auf mysteriöse Weise bekannt vorkam, und als ich nun zufällig in eine Kammer blickte, die vom Korridor wegführte, sah ich drei Mahars, die sich auf einem Bett aus Fellen zusammengerollt hatten. Ich hätte vor Freude und Erleichterung laut schreien können. Es war derselbe Korridor und die selbe Mahar, die ich beabsichtigt hatte, um eine so wichtige Rolle bei unserer Flucht vor dem Phutra zu spielen. Die Vorsehung war in der Tat freundlich zu mir gewesen, denn die Reptilien schliefen immer noch.

Meine einzige große Gefahr bestand nun darin, auf der Suche nach Perry und Ghak in die oberen Ebenen zurückzukehren, aber es gab nichts anderes zu tun, und so eilte ich nach oben. Als ich zu den frequentierten Bereichen des Gebäudes kam, fand ich eine große Last von Häuten in einer Ecke und diese hob ich an meinen Kopf und trug sie so, dass Enden und Ecken über meine Schultern fielen und mein Gesicht vollständig verdeckten. So verkleidet fand ich in der kammer, in der wir gewöhnlich gegessen und geschlafen hatten, beides.

Beide freuten sich, mich zu sehen, es war unnötig zu sagen, obwohl sie natürlich nichts von dem Schicksal gewusst hatten, das mir von meinen Richtern zugefügt worden war. Es wurde beschlossen, dass jetzt keine Zeit verloren gehen sollte, bevor wir unseren Fluchtplan auf die Probe stellen wollten, da ich nicht hoffen konnte, lange vor den Sagoths verborgen zu bleiben, und auch nicht für immer diesen Ballen Felle auf meinem Kopf herumtragen konnte, ohne zu erregen Verdacht. Es schien jedoch wahrscheinlich, dass es mich wieder sicher durch die überfüllten Gänge und Kammern der oberen Ebenen tragen würde, und so machte ich mich mit Perry und Ghak auf den Weg - der Gestank der illy kurierten Felle würgte mich ziemlich.

Gemeinsam reparierten wir die erste Reihe von Korridoren unter dem Hauptgeschoss der Gebäude, und hier hielten Perry und Ghak an, um auf mich zu warten. Die Gebäude sind aus der massiven Kalksteinformation herausgeschnitten. An ihrer architektur ist überhaupt nichts bemerkenswertes. Die Räume sind manchmal rechteckig, manchmal kreisförmig und wieder oval. Die Korridore, die sie verbinden, sind eng und nicht immer gerade. Die Kammern werden durch diffuses Sonnenlicht beleuchtet, das durch Röhren reflektiert wird, die denen ähneln, durch die die Alleen beleuchtet werden. Je niedriger die Ebenen der Kammern, desto dunkler. Die meisten Korridore sind nicht beleuchtet. Die Mahars können im Halbdunkel gut sehen.

Im Erdgeschoss begegneten wir vielen Maharen, Sagoten und Sklaven. Uns wurde jedoch keine Aufmerksamkeit geschenkt, da wir ein Teil des häuslichen Lebens des Gebäudes geworden waren. Es gab nur einen einzigen Eingang, der vom Platz in die Allee führte, und dieser war gut bewacht von Sagoths - allein an dieser Tür durften wir nicht vorbei. Es ist wahr, dass wir die tieferen Korridore und Wohnungen nur zu besonderen Anlässen betreten sollten, wenn wir dazu angewiesen wurden; Da wir jedoch als eine niedrigere Ordnung ohne Intelligenz angesehen wurden, gab es wenig Grund zu der Befürchtung, dass wir dadurch Schaden anrichten könnten, und so wurden wir nicht behindert, als wir den Korridor betraten, der nach unten führte.

Eingehüllt in eine Haut trug ich drei Schwerter, die beiden Bögen und die Pfeile, die Perry und ich hergestellt hatten. Da viele Sklaven mit hautengen Lasten zu und von meiner Ladung trugen, gab es keinen Kommentar. Wo ich ghak und perry zurückließ, waren keine anderen kreaturen in sicht, und so zog ich ein schwert aus dem paket und ließ das gleichgewicht der waffen mit perry allein weiter in die unteren ebenen.

Als ich in die Wohnung kam, in der die drei Mahars schliefen, trat ich schweigend auf Zehenspitzen ein und vergaß, dass die Kreaturen keinen Gehörsinn hatten. Mit einem schnellen stoß durch das herz habe ich den ersten entsorgt, aber mein zweiter stoß war nicht so glücklich, so dass er sich, bevor ich das nächste opfer töten konnte, gegen den dritten stürzte, der schnell aufsprang und mich mit weitem blick ansah Aufgebogene Kiefer. Aber kämpfen ist nicht die Beschäftigung, die die Rasse der Mahars liebt, und als das Ding sah, dass ich bereits zwei ihrer Gefährten entsandt hatte und dass mein Schwert rot von ihrem Blut war, machte es einen Schlag, um mir zu entkommen. Aber ich war zu schnell dafür, und so huschte es, halb hüpfend, halb fliegend, einen anderen Korridor hinunter, mit mir dicht auf den Fersen.

Seine Flucht bedeutete den völligen Ruin unseres Plans und höchstwahrscheinlich meinen sofortigen Tod. Dieser Gedanke beflügelte meine Füße; Aber selbst im besten Fall konnte ich mich mit dem springenden Ding vor mir behaupten.

Plötzlich verwandelte es sich in eine Wohnung auf der rechten Seite des Korridors, und einen Moment später, als ich hereinkam, sah ich mich zwei der Mahars gegenüber. Derjenige, der dort gewesen war, als wir eintraten, war mit einer Reihe von Metallgefäßen beschäftigt gewesen, in die Pulver und Flüssigkeiten eingefüllt worden waren, wie ich aus der Reihe der Flaschen ablesen konnte, die auf der Bank standen, auf der sie gearbeitet hatten. Sofort wurde mir klar, worüber ich gestolpert war. Es war genau der Raum, in dem sich herausstellte, welche Anweisungen mir Perry gegeben hatte. Es war die begrabene Kammer, in der das große Geheimnis der Rasse der Mahars verborgen war. Und auf der Bank neben den Flaschen lag das hautgebundene Buch, das die einzige Kopie des Gegenstandes enthielt, nach dem ich gesucht hatte, nachdem ich die drei Mahars im Schlaf losgeschickt hatte.

Es gab keinen anderen Ausgang aus dem Raum als die Tür, in der ich jetzt stand und die beiden schrecklichen Reptilien ansah. In die Enge getrieben wusste ich, dass sie wie Dämonen kämpfen würden, und sie waren gut gerüstet, um zu kämpfen, wenn sie kämpfen mussten. Zusammen stießen sie auf mich, und obwohl ich einen von ihnen im Augenblick durch das Herz fuhr, befestigte der andere seine glänzenden Reißzähne an meinem Schwertarm über dem Ellbogen, und dann fing sie an, mich mit ihren scharfen Krallen über den Körper zu harken Absicht, mich auszuweiden. Ich sah, dass es nutzlos war zu hoffen, dass ich meinen Arm von diesem kraftvollen, visuellen Griff lösen könnte, der meinen Arm von meinem Körper zu trennen schien. Der Schmerz, den ich erlitt, war intensiv, aber er spornte mich nur zu größeren Anstrengungen an, meinen Widersacher zu überwinden.

Über den Boden kämpften wir uns vor und zurück - die Mahar versetzte mir furchtbare Schläge mit ihren Vorderfüßen, während ich versuchte, meinen Körper mit der linken Hand zu schützen und gleichzeitig nach einer Gelegenheit Ausschau zu halten, meine Klinge von meiner jetzt unbrauchbaren zu entfernen Schwerthand zu seinem schnell schwächenden Gefährten. Endlich war ich erfolgreich, und mit meiner letzten Kraft fuhr ich mit der Klinge durch den hässlichen Körper meines Gegners.

Lautlos, wie es gekämpft hatte, starb es, und obwohl es vor Schmerz und Blutverlust geschwächt war, trat ich mit triumphalem Stolz über seine krampfhaft erstarrende Leiche, um das mächtigste Geheimnis einer Welt aufzuspüren. Ein einziger Blick versicherte mir, dass es genau das war, was Perry mir beschrieben hatte.

Und als ich es begriff, dachte ich darüber nach, was es für die menschliche Rasse von Pellucidar bedeutete - kam mir der Gedanke in den Sinn, dass unzählige Generationen meiner Art, die noch ungeboren waren, Grund hatten, mich für das anzubeten, was ich erreicht hatte Sie? Ich hab nicht. Ich dachte an ein wunderschönes ovales Gesicht, das aus durchsichtigen Augen durch eine wellenförmige Masse von pechschwarzen Haaren blickte. Ich dachte an rote, rote Lippen, die von Gott zum Küssen geschaffen wurden. Und plötzlich wurde mir klar, dass ich Dian, den Schönen, liebte, da ich allein in der geheimen Kammer der Mahars von Pellucidar stand.

Xii

Verfolgung

Für einen Moment stand ich da und dachte an sie. Dann steckte ich seufzend das Buch in den Riemen, der mein Lendentuch stützte, und drehte mich um, um die Wohnung zu verlassen. Am unteren ende des korridors, der von den unteren kammern nach oben führt, pfiff ich gemäß dem vereinbarten signal, das perry und ghak mitteilen sollte, dass ich erfolgreich war. Einen Moment später standen sie neben mir und zu meiner Überraschung sah ich, dass der schlaue Hooja sie begleitete.

"Er hat sich uns angeschlossen", erklärte Perry, "und würde nicht bestritten werden. Der Kerl ist ein Fuchs. Er wittert die Flucht, und anstatt unsere Chance zu vereiteln, sagte ich ihm, dass ich ihn zu Ihnen bringen und Sie entscheiden lassen würde ob er uns begleiten könnte. "

Ich hatte keine Liebe zu Hooja und kein Vertrauen in ihn. Ich war mir sicher, dass er uns verraten würde, wenn er dachte, dass es ihm nützen würde; Aber jetzt sah ich keinen Ausweg mehr und die Tatsache, dass ich vier Mahars getötet hatte, anstatt nur die drei, die ich erwartet hatte, ermöglichte es, den Gefährten in unseren Fluchtplan einzubeziehen.

"Sehr gut", sagte ich, "Sie können mit uns kommen, hooja; aber bei der ersten Andeutung des Verrats werde ich mein Schwert durch Sie laufen lassen. Verstehen Sie?"

Er sagte, dass er tat.

Einige Zeit später hatten wir die Häute von den vier Mahars entfernt und es gelang uns so, selbst in sie hineinzukriechen, dass es eine ausgezeichnete Chance schien, dass wir unbemerkt von Phutra abhingen. Es war nicht leicht, die Häute an den Stellen zusammenzuhalten, an denen wir sie entlang des Bauches gespalten hatten, um sie aus ihren Kadavern zu entfernen, aber indem wir draußen blieben, bis alle anderen mit meiner Hilfe eingenäht waren, und dann eine Öffnung in der Brust hinterließen Von Perrys Haut, durch die er seine Hände führen konnte, um mich zu nähen, konnten wir unser Design zu einem wirklich viel besseren Zweck verwirklichen, als ich gehofft hatte. Wir haben es geschafft, die Köpfe aufrecht zu halten, indem wir unsere Schwerter durch den Hals geführt haben, und auf die gleiche Weise konnten wir sie auf lebensechte Weise bewegen. Wir hatten unsere größten Schwierigkeiten mit den Schwimmhäuten, aber selbst dieses Problem wurde endlich gelöst.so dass wir, als wir uns bewegten, das ganz natürlich taten. Winzige Löcher in den weiten Kehlen, in die unsere Köpfe gestoßen waren, ließen uns gut genug sehen, um unseren Fortschritt zu lenken.

So gingen wir in Richtung Hauptgeschoss des Gebäudes. Ghak ging an die Spitze der seltsamen Prozession, dann kam Perry, gefolgt von Hooja, während ich den hinteren Teil anhob, nachdem ich Hooja ermahnt hatte, mein Schwert so angeordnet zu haben, dass ich es durch den Kopf meiner Verkleidung in seine Lebenspunkte stecken konnte, wenn er es zeigen wollte Anzeichen eines Stockens.

Als mich das Geräusch der hastigen Füße warnte, dass wir die belebten Korridore der Hauptebene betraten, stieg mein Herz in meinen Mund. Ich gebe ohne Schamgefühl zu, dass ich Angst hatte - noch nie in meinem Leben und seitdem habe ich eine solche Qual seelenschwingender Angst und Spannung erlebt, die mich umhüllt hat. Wenn es möglich ist, Blut zu schwitzen, dann schwitze ich es.

Langsam, nach der Art der Fortbewegung, wie sie die Mahars gewohnt sind, schlichen wir uns, wenn sie ihre Flügel nicht benutzen, durch Scharen von beschäftigten Sklaven, Sagoths und Mahars. Nach einer scheinbaren Ewigkeit erreichten wir die Außentür, die in die Hauptstraße von Phutra führt. Viele sagoths trieben in der Nähe der Öffnung herum. Sie warfen einen Blick auf Ghak, als er sich zwischen ihnen bewegte. Dann verging perry und dann hooja. Jetzt war ich an der Reihe, und in einem plötzlichen Anfall eiskalter Angst bemerkte ich, dass das warme Blut aus meinem verletzten Arm durch den toten Fuß der maharischen Haut tropfte, die ich trug, und seine verräterischen Spuren auf dem Bürgersteig hinterließ Ich sah, wie ein Sagoth die Aufmerksamkeit eines Gefährten darauf lenkte.

Die Wache trat vor mich und zeigte auf meinen blutenden Fuß. Sie sprach mich in der Gebärdensprache an, die diese beiden Rassen als Kommunikationsmittel benutzen. Selbst wenn ich gewusst hätte, was er sagte, hätte ich nicht mit dem toten Ding antworten können, das mich bedeckte. Ich hatte einmal gesehen, wie ein großer mahar einen anmaßenden sagoth mit einem blick einfrierte. Es schien meine einzige Hoffnung zu sein, und so versuchte ich es. Ich blieb stehen und bewegte mein Schwert so, dass der tote Kopf den Gorillamann fragend ansah. Für einen langen Moment stand ich vollkommen still und musterte den Kerl mit diesen toten Augen. Dann senkte ich den kopf und fing langsam an. Für einen Moment hing alles im Gleichgewicht, aber bevor ich ihn berührte, trat der Wachmann zur Seite und ich ging hinaus in die Allee.

Wir gingen die breite Straße hinauf, aber jetzt waren wir für die vielen unserer Feinde, die uns von allen Seiten umgaben, in Sicherheit. Zum Glück gab es eine große Ansammlung von Mahars, die sich an dem flachen See, der eine Meile oder mehr von der Stadt entfernt liegt, zu schaffen machten. Sie gehen dorthin, um ihren Amphibien-Neigungen nachzugehen, um nach kleinen Fischen zu tauchen und die kühlen Tiefen des Wassers zu genießen. Es ist ein Süßwassersee, flach und frei von den größeren Reptilien, die die Nutzung der großen Meere von Pellucidar nur für ihre eigene Art unmöglich machen.

Mitten in der Menge gingen wir die Stufen hinauf und hinaus in die Ebene. Eine Weile blieb Ghak bei dem Strom, der in Richtung See floss, aber schließlich blieb er am Grund einer kleinen Rinne stehen, und dort blieben wir, bis alle vorbei waren und wir allein waren. Dann, immer noch in unseren Verkleidungen, machten wir uns direkt von Phutra los.

Die Hitze der senkrechten Sonnenstrahlen machte unsere schrecklichen Gefängnisse schnell unerträglich, so dass wir, nachdem wir eine tiefe Kluft passiert und einen schützenden Wald betreten hatten, endlich die maharischen Häute ablegten, die uns bisher in Sicherheit gebracht hatten.

Ich werde dich mit den Details dieses bitteren und ärgerlichen Fluges nicht müde machen. Wie wir auf einem rennen gefahren sind, bis wir in unsere spuren gefallen sind. Wie wir von seltsamen und schrecklichen Tieren bedrängt wurden. Wie wir den grausamen Reißzähnen der Löwen und Tiger kaum entkommen konnten, deren Größe die größten Katzen der Außenwelt in erbärmliche Bedeutungslosigkeit versetzen würde.

Wir rasten weiter und weiter, unser einziger Gedanke war, so viel Abstand wie möglich zwischen uns und dem Phutra zu schaffen. Ghak führte uns in sein eigenes Land - das Land der Sari. Es hatte sich kein Anzeichen für eine Verfolgung herausgebildet, und dennoch waren wir uns sicher, dass irgendwo hinter uns unerbittliche Schützen unsere Spuren verfolgen. Ghak sagte, sie hätten es nie versäumt, ihren Steinbruch zu jagen, bis sie ihn erobert hätten oder sich von einer überlegenen Streitmacht zurückgewiesen hätten.

Unsere einzige Hoffnung, sagte er, lag darin, seinen Stamm zu erreichen, der in seiner Bergechtheit stark genug war, um eine beliebige Anzahl von Sagoths zu besiegen.

Endlich, nach einigen Monaten, und ich weiß jetzt, dass es Jahre waren, kamen wir in Sichtweite des Dun-Steilhangs, der die Ausläufer des Sari streifte. Fast im selben Moment kündigte Hooja an, dass er eine Gruppe von Männern weit hinter uns auf einem niedrigen Kamm sehen könne. Es war die lang erwartete Verfolgung.

Ich fragte Ghak, ob wir rechtzeitig Sari machen könnten, um ihnen zu entkommen.

"wir können," antwortete er; "aber du wirst feststellen, dass die sagoths sich mit unglaublicher Schnelligkeit bewegen können, und da sie fast unermüdlich sind, sind sie zweifellos viel frischer als wir. Dann -" er hielt inne und warf einen Blick auf perry.

Ich wusste, was er meinte. Der alte Mann war erschöpft. Für die meiste zeit unseres flugs hatte ihn entweder ghak oder ich auf dem marsch zur hälfte unterstützt. Mit einem solchen Handicap könnten uns weniger Flottenverfolger als die Sagoths leicht überholen, bevor wir die schroffen Höhen erklimmen könnten, mit denen wir konfrontiert waren.

"Du und Hooja, mach weiter", sagte ich. "perry und ich werden es schaffen, wenn wir dazu in der Lage sind. Wir können nicht so schnell reisen wie Sie beide, und es gibt keinen Grund, warum alles verloren gehen sollte. Es kann nicht geholfen werden - wir müssen uns einfach damit auseinandersetzen."

"Ich werde keinen Gefährten im Stich lassen", war Ghaks einfache Antwort. Ich hatte nicht gewusst, dass dieser großartige, haarige, urzeitliche Mann einen solch noblen Charakter in sich verborgen hatte. Ich hatte ihn immer gemocht, aber jetzt wurde zu meinem Geschmack Ehre und Respekt hinzugefügt. Ja und Liebe.

Trotzdem drängte ich ihn, weiterzumachen und darauf zu bestehen, dass er, wenn er sein Volk erreichen könnte, in der Lage sein könnte, eine ausreichende Streitmacht hervorzubringen, um die Sagoths zu vertreiben und Perry und mich zu retten.

Nein, er würde uns nicht verlassen, und das war alles, was dazu gehörte, aber er schlug vor, dass Hooja sich beeilen und die Sarians vor der Gefahr des Königs warnen könnte. Es erforderte nicht viel Drang, um hooja zu starten - die nackte Idee reichte aus, um ihn vor uns in die Ausläufer zu schleudern, die wir jetzt erreicht hatten.

Perry erkannte, dass er Ghaks Leben und mein Leben gefährdete, und der alte Mann bat uns, ohne ihn weiterzumachen, obwohl ich wusste, dass er bei dem Gedanken, in die Hände der Sagoths zu fallen, eine vollkommene Angst vor Schrecken hatte. Ghak löste das Problem schließlich teilweise, indem er Birnen in seinen mächtigen Armen hob und ihn trug. Während die Tat Ghaks Geschwindigkeit drosselte, konnte er immer noch schneller reisen, als wenn er den stolpernden alten Mann zur Hälfte stützte.

Xiii

Der Schlaue

Die Sagoths gewannen schnell an uns, denn sobald sie uns gesehen hatten, hatten sie ihre Geschwindigkeit stark erhöht. Immer weiter stolperten wir über die enge Schlucht, die Ghak gewählt hatte, um sich den Höhen von Sari zu nähern. Zu beiden Seiten ragten steile Klippen aus prächtigen, teils bunten Felsen empor, und unter unseren Füßen bildete ein dickes Berggras einen weichen und geräuschlosen Teppich. Seit wir den Canyon betreten hatten, hatten wir keinen Blick auf unsere Verfolger geworfen, und ich begann zu hoffen, dass sie unsere Spur verloren hatten und dass wir die sich jetzt schnell nähernden Klippen rechtzeitig erreichen würden, um sie zu erklimmen, bevor wir überholt werden sollten.

Vor uns sahen und hörten wir kein Zeichen, das auf den Erfolg von Hoojas Mission hindeuten könnte. Mittlerweile hätte er die Außenposten der Sarians erreichen sollen, und wir sollten zumindest die wilden Schreie der Stammesangehörigen hören, als sie auf die Bitte ihres Königs um Beistand zu Waffen schwärmten. In einem anderen Moment sollten die stirnrunzelnden Klippen vor uns von Urkriegern schwarz sein. Aber nichts dergleichen geschah - tatsächlich hatte uns der Schlaue verraten. In dem Moment, in dem wir erwarteten, dass sarianische Speermänner zu unserer Erleichterung auf Hoojas Rücken stürmen würden, schlich sich der feige Verräter um den

Rand des nächsten sarianischen Dorfes, um von der anderen
Seite aufzusteigen, wenn es zu spät war, um uns zu retten.
Behauptete, er sei zwischen den Bergen verloren gegangen.

Hooja hatte immer noch einen bösen Willen gegen mich, weil
ich ihn beschützt hatte, und sein bösartiger Geist war
gleichbedeutend damit, uns alle zu opfern, damit er sich an mir
rächen könnte.

Als wir uns den Absperrklippen näherten und keine Spur von
Rettungssariern auftauchte, wurde Ghak ärgerlich und
beunruhigt, und als das Geräusch einer sich rasch nähernden
Verfolgung auf unsere Ohren fiel, rief er mir über die Schulter,
dass wir verloren seien.

Ein Blick zurück warf mir einen Blick auf die ersten Sagoths am
anderen Ende eines beträchtlichen Abschnitts des Canyons,
durch den wir gerade gegangen waren, und dann schloss ein
plötzlicher Dreh die hässliche Kreatur aus meiner Sicht. Aber
das laute Heulen der triumphalen Wut, das hinter uns aufstieg,
war ein Beweis dafür, dass der Gorillamann uns gesehen hatte.

Wieder bog die Schlucht scharf nach links ab, aber nach rechts
verlief ein anderer Ast mit einer geringeren Abweichung von der
allgemeinen Richtung, so dass dieser eher wie die Hauptschlucht
als der linke Ast aussah. Die Sagoths waren jetzt nicht mehr als
zweihundertfünfzig Meter hinter uns, und ich sah, dass es für uns
hoffnungslos war zu erwarten, dass wir anders als durch einen
Trick fliehen würden. Es gab kaum eine Chance, Ghak und Perry
zu retten, und als ich die Abzweigung des Canyons erreichte,
ergriff ich die Chance.

Dort blieb ich stehen und wartete, bis der vorderste Sagoth in
Sicht kam. Ghak und Perry waren um eine Kurve in der linken
Schlucht verschwunden, und als der wilde Schrei des Sagoth
ankündigte, dass er mich gesehen hatte, drehte ich mich um und

floh den rechten Ast hinauf. Mein Trick war erfolgreich, und die ganze Gruppe von Menschenjägern raste kopfüber hinter mir her in einen Canyon, während Ghak sich in Sicherheit brachte.

Laufen war nie meine besondere sportliche Stärke, und jetzt, wo mein Leben von der Leichtigkeit des Fußes abhing, kann ich nicht sagen, dass ich besser gelaufen bin als zu den Gelegenheiten, als mein erbärmliches Grundlaufen die lauten und vorwurfsvollen Schreie des Rooters auf meinen Kopf gedrückt hatte "Eiswagen" und "Taxi rufen".

Die sagoths gewannen auf mich schnell. Es gab vor allem einen, der flüchtiger war als seine Kameraden, der gefährlich nahe war. Die Schlucht war zu einem Felsspalt geworden, der sich grob in einem steilen Winkel in Richtung einer Passage zwischen zwei aneinandergrenzenden Gipfeln erhob. Was dahinter lag, konnte ich nicht einmal erraten - möglicherweise ein schieres Gefälle von mehreren hundert Metern in das entsprechende Tal auf der anderen Seite. Könnte es sein, dass ich in eine Sackgasse gestürzt war?

Als ich merkte, dass ich nicht hoffen konnte, den Sagoths bis zur Spitze des Canyons aus dem Weg zu gehen, hatte ich beschlossen, alles zu riskieren, um sie vorübergehend zu kontrollieren. Zu diesem Zweck hatte ich meinen grob gemachten Bogen abgewickelt und einen Pfeil aus dem hängenden Hautköcher gezogen hinter meiner schulter. Als ich den schaft mit der rechten hand montierte, blieb ich stehen und rollte auf den gorillamann zu.

In der welt meiner geburt hatte ich nie einen schaft gezogen, aber seit unserer flucht vor dem phutra hatte ich die partei mit meinen pfeilen mit kleinwild versorgt und so notgedrungen ein gutes maß an genauigkeit entwickelt. Während unseres flugs vor dem phutra hatte ich meinen bogen mit einem stück schwerem darm von einem riesigen tiger, den ghak und ich besorgt hatten, aufgetrieben und schließlich mit pfeilen, speer und schwert losgeschickt. Das harte Holz des Bogens war extrem zäh und das gab mir mit der Stärke und Elastizität meiner neuen Saite ungewohntes Vertrauen in meine Waffe.

Ich brauchte nie mehr feste Nerven als damals - nie waren meine Nerven und Muskeln besser unter Kontrolle. Ich sehte so sorgfältig und absichtlich wie auf ein Strohziel. Der sagoth hatte noch nie einen pfeil und bogen gesehen, aber plötzlich musste es über seinen dummen intellekt geweht haben, dass das, was ich ihm entgegenhielt, eine art motor der zerstörung war, denn auch er blieb stehen und schwang gleichzeitig sein axt für einen Wurf. Es ist eine der vielen Methoden, mit denen sie diese Waffe einsetzen, und die Genauigkeit des Ziels, die sie auch unter den ungünstigsten Umständen erreichen, ist beinahe ein Wunder.

Mein Schaft war in voller Länge zurückgezogen - mein Auge hatte seine scharfe Spitze auf der linken Brust meines Gegners zentriert; und dann startete er sein Kriegsbeil und ich ließ meinen Pfeil los. In dem Moment, in dem unsere Raketen flogen, sprang ich zur Seite, aber der Sagoth sprang vor, um seinem Angriff mit einem Speerschub zu folgen. Ich spürte das Rauschen des Beils, als es meinen Kopf streifte, und im selben Moment durchbohrte mein Schaft das wilde Herz der Sagoth, und mit einem einzigen Stöhnen stürzte er fast zu meinen Füßen - steinertot. Dicht hinter ihm waren noch zwei - vielleicht fünfzig Meter -, aber die Entfernung gab mir Zeit, den Schild des toten Wachmanns hochzuholen, denn der enge Ruf, den sein Kriegsbeil mir gerade gegeben hatte, hatte mir das dringende Bedürfnis gestillt, einen zu haben.jene, die ich bei Phutra geklaut hatte, konnten wir nicht mitnehmen, weil ihre Größe es unmöglich machte, sie in den Häuten der Mahars zu verbergen, die uns sicher aus der Stadt gebracht hatten.

Mit dem gut nach oben geschobenen Schild an meinem linken Arm ließ ich mit einem weiteren Pfeil fliegen, der einen zweiten

Sagoth niederschlug, und als dann das Kriegsbeil seines Gefährten auf mich zukam, fing ich es am Schild auf und montierte einen weiteren Schaft für ihn; aber er wartete nicht darauf, es zu erhalten. Stattdessen drehte er sich um und zog sich zum Hauptkörper der Gorillamänner zurück. Offenbar hatte er für den Moment genug von mir gesehen.

Noch einmal nahm ich meine flucht auf, noch waren die sagoths anscheinend überängstlich, ihre verfolgung so genau wie zuvor zu forcieren. Unbehelligt erreichte ich die Spitze des Canyons, wo ich einen steilen Abhang von zwei- oder dreihundert Fuß zum Grund eines felsigen Abgrunds fand; aber links rundete ein schmaler Vorsprung die Schulter der überhängenden Klippe. Ich ging weiter und bog plötzlich ein paar Meter hinter dem Ende des Canyons ab. Der Weg wurde breiter, und zu meiner Linken sah ich die Öffnung zu einer großen Höhle. Vorher ging der Vorsprung weiter, bis er um einen weiteren vorspringenden Pfeiler des Berges außer Sichtweite kam.

Ich hatte das gefühl, ich könnte mich einer armee widersetzen, denn nur ein einziger foeman konnte auf einmal auf mich zukommen, noch konnte er wissen, dass ich ihn erwartete, bis er mich um die ecke der kurve überfiel. Um mich herum lagen verstreute Steine, die von der Klippe oben zusammengebrochen waren. Sie hatten verschiedene Größen und Formen, aber genug handliche Maße, um anstelle meiner kostbaren Pfeile als Munition verwendet zu werden. Ich sammelte einige Steine in einem kleinen Haufen neben der Höhlenmündung und wartete auf das Vordringen der Sagoten.

Als ich angespannt und still da stand und auf das erste leise Geräusch lauschte, das die Annäherung meiner Feinde ankündigen sollte, erregte ein leises Geräusch aus den schwarzen Tiefen der Höhle meine Aufmerksamkeit. Es könnte durch das Bewegen des großen Körpers eines riesigen Tieres entstanden sein, das sich vom Felsboden seines Versteckes erhebt. Fast im selben Moment dachte ich, ich hätte das Kratzen von Ledersandalen auf dem Sims jenseits der Kurve bemerkt. Für die nächsten Sekunden war meine Aufmerksamkeit beträchtlich geteilt.

Und dann sah ich aus der tintenschwarzen rechts von mir zwei flammende augen, die in meine funkelten. Sie befanden sich auf einer Höhe von über einem Meter über meinem Kopf. Es ist wahr, dass das Tier, dem sie gehörten, auf einem Felsvorsprung in der Höhle stehen oder sich auf seinen Hinterbeinen aufrichten könnte; aber ich hatte genug von den monstern von pellucidar gesehen, um zu wissen, dass ich mich einem neuen und schrecklichen titan gegenübersehen könnte, dessen dimensionen und grausamkeit die von jenen verdunkelten, die ich zuvor gesehen hatte.

Was auch immer es war, es kam langsam auf den Eingang der Höhle zu, und jetzt, tief und bedrohlich, stieß es ein leises und bedrohliches Knurren aus. Ich wartete nicht länger darauf, den besitz der leiste mit dem ding zu bestreiten, dem diese stimme gehörte. Das Geräusch war nicht laut gewesen - ich bezweifle, dass die Sagoths es überhaupt gehört hatten -, aber der Hinweis auf latente Möglichkeiten dahinter war so, dass ich wusste, dass es nur von einem gigantischen und grausamen Tier ausgehen würde.

Als ich den Felsvorsprung entlang rückte, war ich bald hinter der Höhlenmündung, wo ich diese furchtbaren, flammenden Augen nicht mehr sehen konnte, aber einen Moment später erblickte ich das teuflische Gesicht eines Sagoth, der vorsichtig über die Klippe hinausging die andere Seite der Höhle. Als der Kerl mich sah, sprang er auf der Verfolgung über den Felsvorsprung, und nach ihm kamen so viele seiner Gefährten, wie sich auf den Fersen drängen konnten. Zur gleichen Zeit tauchte das Tier aus der Höhle auf, so dass er und die Sagoten sich auf diesem schmalen Felsvorsprung gegenüberstanden.

Das Ding war ein riesiger Höhlenbär, der seine kolossale Masse acht Fuß an der Schulter aufrichtete, während es von der Nasenspitze bis zum Ende seines stämmigen Schwanzes zwölf Fuß lang war. Als es die Sagoten erblickte, gab es ein entsetzliches Gebrüll von sich, und der offene Mund war voll davon. Mit einem Schreckensschrei wandte sich der erste Gorillamann der Flucht zu, doch hinter ihm rannte er voll auf seine stürmenden Gefährten zu.

Der Schrecken der folgenden Sekunden ist unbeschreiblich. Der Sagoth, der dem Höhlenbären am nächsten war, stellte fest, dass seine Flucht blockiert war, drehte sich um und sprang absichtlich zu einem schrecklichen Tod auf den zackigen Felsen dreihundert Fuß unter ihm. Dann streckten sich diese riesigen Kiefer aus und sammelten sich im nächsten - es gab ein widerliches Geräusch von zermalmenden Knochen, und die verstümmelte Leiche fiel über den Rand der Klippe. Noch hielt das mächtige Tier in seinem stetigen Vorrücken entlang des Felsvorsprungs an.

Kreischende sagoths hüpften nun wie verrückt über den abgrund, um ihm zu entkommen, und das letzte mal, als ich ihn sah, bog er um die kurve und verfolgte immer noch den demoralisierten rest der mannjäger. Lange Zeit hörte ich das schreckliche Brüllen des Rohlings, vermischt mit den Schreien und Schreien seiner Opfer, bis schließlich die schrecklichen Geräusche schwanden und in der Ferne verschwanden.

Später erfuhr ich von ghak, der schließlich zu seinen stammesangehörigen gekommen war und mit einer gruppe zurückkam, um mich zu retten, dass der so genannte ryth die sagoths verfolgte, bis er die gesamte band ausgerottet hatte. Ghak war sich natürlich sicher, dass ich der schrecklichen Kreatur zum Opfer gefallen war, die innerhalb von Pellucidar wirklich der König der Bestien ist.

Ich wollte mich nicht zurück in den Canyon wagen, wo ich entweder dem Höhlenbären oder den Sagoths zum Opfer fallen könnte. Ich ging weiter den Felsvorsprung entlang und glaubte, dass ich durch Umrunden des Berges das Land der Sari aus einer anderen Richtung erreichen könnte. Aber ich war offensichtlich verwirrt durch das Drehen und Wenden der Canyons und Schluchten, denn ich bin damals noch lange nicht in das Land der Sari gekommen.

Xiv

Der Garten Eden

Ohne himmlische Führung war es kein Wunder, dass ich verwirrt war und mich im Labyrinth dieser mächtigen Hügel verirrte. In Wirklichkeit passierte ich sie nur und trat über dem Tal auf die weiter entfernte Seite. Ich weiß, dass ich lange gewandert bin, bis ich müde und hungrig auf eine kleine Höhle stieß, die den Platz des Granits weiter hinten eingenommen hatte.

Die Höhle, die mir gefiel, lag auf halber Höhe der steilen Seite einer hohen Klippe. Der Weg dorthin war so beschaffen, dass ich wusste, dass kein außergewöhnlich beeindruckendes Tier hierher kommen konnte, und dass es auch nicht groß genug war, um einen komfortablen Lebensraum für andere als die kleineren Säugetiere oder Reptilien zu schaffen. Dennoch kroch ich mit äußerster Vorsicht durch das dunkle Innere.

Hier fand ich eine ziemlich große kammer, die von einer schmalen spalte im felsen beleuchtet wurde, über der das sonnenlicht in ausreichenden mengen teilweise eindrang, um die völlige dunkelheit zu vertreiben, die ich erwartet hatte. Die Höhle war vollkommen leer, und es gab auch keine Anzeichen dafür, dass sie kürzlich besetzt worden war. Die Öffnung war vergleichsweise klein, so dass ich nach erheblicher Anstrengung einen Kessel aus dem Tal herausschleppen konnte, der ihn völlig blockierte.

Dann kehrte ich für einen Arm voll Gräser wieder ins Tal zurück und hatte das Glück, auf dieser Reise ein Orthopi umzustoßen, das winzige Pferd von Pellucidar, ein kleines Tier von der Größe eines Foxterriers, das in allen Teilen des Inneren vorkommt Welt. So kehrte ich mit Essen und Bettzeug in mein Versteck zurück, wo ich nach einer Mahlzeit mit rohem Fleisch, an die ich mich inzwischen ziemlich gewöhnt hatte, den Kessel vor den Eingang schleppte und mich auf ein Grasbett kräuselte - ein nacktes, urzeitliches, Höhlenmenschen, so wild primitiv wie meine prähistorischen Vorfahren.

Ich erwachte ausgeruht, aber hungrig und schob den Kessel beiseite, kroch auf das kleine felsige Regal, das meine Veranda war. Vor mir breitete sich ein kleines, aber wunderschönes Tal aus, durch dessen Mitte sich ein klarer und glitzernder Fluss zu einem Binnenmeer schlängelte, dessen blaues Wasser gerade zwischen den beiden Gebirgszügen sichtbar war, die dieses kleine Paradies umgaben. Die Seiten der gegenüberliegenden Hügel waren grün, denn ein großer Wald bedeckte sie bis zum Fuß des roten und gelben und kupfergrünen Felsens, der ihren Gipfel bildete. Das Tal selbst war mit üppigem Gras bedeckt, während hier und da Flecken von wilden Blumen große Spritzer von lebhafter Farbe gegen das vorherrschende Grün machten.

Über dem Tal waren kleine Gruppen palmenartiger Bäume verteilt - in der Regel drei oder vier zusammen. Unter diesen standen Antilopen, während andere im Freien weideten oder anmutig zu einer nahe gelegenen Furt gingen, um etwas zu trinken. Es gab mehrere Arten dieses wunderschönen Tieres, von denen die prächtigsten dem Riesen-Eland Afrikas ähnelten, nur dass ihre spiralförmigen Hörner eine vollständige Kurve über ihren Ohren bildeten und sich dann unter ihnen wieder vorwärts bewegten und in scharfen und gewaltigen Punkten endeten das Gesicht und über den Augen. Ihre Größe erinnert an einen reinrassigen Hereford-Bullen, dennoch sind sie sehr wendig und schnell. Die breiten gelben Bänder, die den dunklen Schimmel ihrer Mäntel streifen, ließen mich sie für Zebras halten, als ich sie zum ersten Mal sah. Alles in allem sind sie hübsche Tiere,und fügte den letzten Schliff zu der seltsamen und schönen Landschaft hinzu, die sich vor meinem neuen Zuhause ausbreitete.

Ich hatte beschlossen, die Höhle zu meinem Hauptquartier zu machen und mit ihr eine systematische Erkundung des umliegenden Landes auf der Suche nach dem Land der Sari durchzuführen. Zuerst verschlang ich den Rest der Karkasse der Orthopen, die ich vor meinem letzten Schlaf getötet hatte. Dann versteckte ich das große Geheimnis in einer tiefen Nische im hinteren Teil meiner Höhle, rollte den Kessel vor meine Haustür und kletterte mit Pfeil, Bogen, Schwert und Schild hinunter in das friedliche Tal.

Die weidenden Herden bewegten sich zur Seite, als ich sie durchquerte. Die kleinen Orthopen zeigten größte Vorsicht und galoppierten zu sichersten Entfernungen. Als ich mich näherte, hörten alle Tiere auf zu fressen und betrachteten mich mit ernsten Augen und gespitzten Ohren, nachdem sie sich zu einer für sie sicheren Entfernung bewegt hatten. Einmal senkte eine der alten Bullenantilopen der gestreiften Spezies den Kopf und brüllte verärgert - sogar ein paar Schritte in meine Richtung, so dass ich dachte, er wollte angreifen; aber nachdem ich vorbei war, fütterte er weiter, als hätte ihn nichts gestört.

Nahe dem unteren Ende des Tals kam ich an einer Reihe von Tapiren vorbei und über den Fluss sah ich einen großen Sadok, den riesigen doppelhörnigen Vorfahren des modernen Nashorns. Am ende des tales mündeten die steilküsten links ins meer, so dass ich sie auf der suche nach einem felsvorsprung erklimmen musste, auf dem ich meine reise fortsetzen konnte, um sie zu umgehen, wie ich es wollte. Etwa fünfzig Fuß von der Basis entfernt stieß ich auf einen Vorsprung, der einen natürlichen Pfad entlang der Klippe bildete, und diesem folgte ich über das Meer zum Ende der Klippe hin.

Hier neigte sich der Felsvorsprung rasch nach oben zur Spitze der Klippen - die Schicht, die ihn bildete, war offensichtlich in diesem steilen Winkel aufgezwungen worden, als die Berge dahinter geboren wurden. Als ich vorsichtig den Aufstieg hinaufstieg, wurde ich plötzlich von dem Geräusch seltsamen Zischens und dem Schlagen der Flügel in die Höhe gezogen.

Und auf den ersten blick zerbrach auf meinem entsetzten blick das schrecklichste, was ich selbst in pellucidar gesehen hatte. Es war ein riesiger Drache, wie er in den Legenden und Märchen der Erdenmenschen abgebildet ist. Sein riesiger Körper musste vierzig Fuß lang sein, während die fledermausartigen Flügel, die ihn in der Luft trugen, eine Ausdehnung von dreißig Metern hatten. Seine klaffenden Kiefer waren mit langen, scharfen Zähnen bewaffnet und seine Klaue mit schrecklichen Krallen ausgestattet.

Das zischende Geräusch, das meine Aufmerksamkeit auf sich gezogen hatte, drang aus seiner Kehle und schien auf etwas jenseits und unterhalb von mir gerichtet zu sein, das ich nicht sehen konnte. Der Vorsprung, auf dem ich stand, endete plötzlich ein paar Schritte weiter, und als ich das Ende erreichte, sah ich die Ursache für die Aufregung des Reptils.

Irgendwann in früheren Zeiten hatte ein Erdbeben an dieser Stelle einen Fehler verursacht, so dass die Schichten hinter der Stelle, an der ich stand, eine Sache von zwanzig Fuß heruntergerutscht waren. Das Ergebnis war, dass die Fortsetzung meines Vorsprungs zwanzig Fuß unter mir lag, wo sie genauso abrupt endete wie das Ende, auf dem ich stand.

Und hier, offensichtlich angehalten im Flug durch diesen unüberwindlichen Bruch im Sims, stand der Gegenstand des Angriffs der Kreatur - ein Mädchen, das auf der schmalen Plattform kauerte, ihr Gesicht in ihren Armen vergraben, als ob, den Anblick des schrecklichen Todes auszusperren, der schwebte direkt über ihr.

Der Drache kreiste tiefer und schien auf seine Beute zu stürzen. Es gab keine Zeit zu verlieren, kaum einen Moment, um die möglichen Chancen, die ich gegen das schrecklich bewaffnete Wesen hatte, abzuwägen; aber der Anblick dieses verängstigten Mädchens unter mir rief nach allem, was in mir am besten war, und der Instinkt zum Schutz des anderen Geschlechts, der beinahe dem Selbsterhaltungstrieb des Urmenschen entsprochen haben musste, zog mich an die Seite des Mädchens wie ein unwiderstehlicher Magnet.

Fast ohne Rücksicht auf die Konsequenzen sprang ich von dem Ende des Felsvorsprungs, auf dem ich stand, zu dem winzigen Regal unter mir. Im selben Moment schoss der Drache auf das Mädchen zu, aber mein plötzliches Auftauchen in die Szene musste ihn erschreckt haben, denn er drehte sich zur Seite und erhob sich dann wieder über uns.

Das Geräusch, das ich machte, als ich neben ihr landete, überzeugte das Mädchen, dass das Ende gekommen war, denn sie dachte, ich sei der Drache; aber schließlich, als sich keine grausamen Reißzähne um sie schlossen, hob sie erstaunt die Augen. Als sie auf mich fielen, war der Ausdruck, der in sie kam, schwer zu beschreiben; aber ihre Gefühle hätten kaum komplizierter sein können als meine - denn die großen Augen, die in meine blickten, waren die von Dian dem Schönen.

"Dian!" ich weinte. "Dian! Gott sei Dank, dass ich rechtzeitig gekommen bin."

"Sie?" sie flüsterte, und dann verbarg sie wieder ihr Gesicht; ich konnte auch nicht sagen, ob sie froh oder wütend war, dass ich gekommen war.

Wieder kam der drache auf uns zu und zwar so schnell, dass ich keine zeit hatte, meinen bogen abzunehmen. Alles, was ich tun konnte, war, einen Stein zu schnappen und ihn auf das abscheuliche Gesicht des Dings zu schleudern. Wieder war mein Ziel wahr, und mit einem Zischen von Schmerz und Wut rollte das Reptil wieder und flog davon.

Schnell setzte ich einen Pfeil ein, damit ich beim nächsten Angriff bereit sein könnte, und als ich es tat, schaute ich auf das Mädchen hinunter, so dass ich sie in einem verstohlenen Blick überraschte, den sie mir stahl; aber sofort bedeckte sie wieder ihr Gesicht mit ihren Händen.

"sieh mich an, dian", flehte ich. "Freust du dich nicht, mich zu sehen?"

Sie sah mir direkt in die Augen.

"Ich hasse dich", sagte sie und als ich um ein faires Gehör betteln wollte, deutete sie über meine Schulter. "Der Thipdar kommt", sagte sie und ich drehte mich wieder um, um das Reptil zu treffen.

Das war also ein Thipdar. Ich hätte es wissen können. Der grausame Bluthund der Mahars. Der längst ausgestorbene Pterodaktylus der Außenwelt. Aber diesmal traf ich es mit einer waffe, mit der es noch nie zuvor konfrontiert war. Ich hatte meinen längsten Pfeil ausgewählt und mit aller Kraft den Bogen gebeugt, bis die Spitze des Schafts auf dem Daumen meiner linken Hand ruhte, und dann, als die große Kreatur auf uns zu schoss, ließ ich mich direkt auf diese zähe Brust einschlagen.

Zischend wie das Auslassventil einer Dampfmaschine fiel das mächtige Wesen, drehte sich und drehte sich ins Meer, mein Pfeil steckte vollständig in seiner Karkasse. Ich drehte mich zu dem Mädchen um. Sie schaute an mir vorbei. Es war offensichtlich, dass sie den Thipdar sterben gesehen hatte.

"Dian", sagte ich, "willst du mir nicht sagen, dass es dir nicht leid tut, dass ich dich gefunden habe?"

"Ich hasse dich", war ihre einzige Antwort. Aber ich stellte mir vor, dass darin weniger Vehemenz steckte als zuvor - und doch hätte es vielleicht nur meine Einbildung sein können.

"warum hasst du mich, dian?" Ich fragte, aber sie antwortete mir nicht.

"Was tun Sie hier?" Ich fragte: "Und was ist mit dir passiert, seit Hooja dich von den Sagoths befreit hat?"

Zuerst dachte ich, dass sie mich völlig ignorieren würde, aber schließlich überlegte sie es sich besser.

"Ich rannte wieder vor Jubal dem Hässlichen davon", sagte sie. "nachdem ich von den sagoths geflohen war, machte ich mich alleine auf den weg zurück in mein eigenes land; aber wegen jubal wagte ich nicht, die dörfer zu betreten oder einen meiner freunde wissen zu lassen, dass ich aus angst zurückgekehrt war, dass jubal es herausfinden könnte Als ich lange beobachtete, dass mein Bruder noch nicht zurückgekehrt war, lebte ich weiter in einer Höhle neben einem Tal, das meine Rasse selten besucht, und wartete auf die Zeit, in der er zurückkehren und mich von Jubel befreien sollte.

"aber endlich sah mich einer von jubals jägern, als ich zur höhle meines vaters schlich, um zu sehen, ob mein bruder noch zurückgekehrt war und er alarmierte und jubelte mich an. Er hat mich in vielen ländern verfolgt. Er kann es nicht sein Wenn er kommt, wird er dich töten und mich zurück in seine Höhle tragen. Er ist ein schrecklicher Mann. Ich bin so weit gegangen, wie ich kann, und es gibt kein Entrinnen. " Fortsetzung der Kante zwanzig Fuß über uns.

"aber er soll mich nicht haben," schrie sie plötzlich mit der großen Heftigkeit. "Das Meer ist da" - sie zeigte über den Rand der Klippe - "und das Meer wird mich eher als Jubel haben."

"Aber ich habe dich jetzt Dian", rief ich. "Weder soll Jubel noch irgendein anderer dich haben, denn du gehörst mir", und ich ergriff ihre Hand, noch hob ich sie über ihren Kopf und ließ sie als Zeichen der Befreiung fallen.

Sie war aufgestanden und sah mir mit geradem Blick direkt in die Augen.

"Ich glaube dir nicht", sagte sie, "denn wenn du es so gemeint hättest, hättest du das getan, als die anderen anwesend waren, um es zu bezeugen - dann hätte ich wirklich dein Gefährte sein sollen; jetzt gibt es niemanden, der dich dabei sieht." , denn du weißt, dass ohne Zeugen deine Tat dich nicht an mich bindet ", und sie zog ihre Hand von meiner zurück und wandte sich ab.

Ich versuchte sie davon zu überzeugen, dass ich aufrichtig bin, aber sie konnte die Demütigung, die ich ihr bei der anderen Gelegenheit auferlegt hatte, einfach nicht vergessen.

"Wenn du alles meinst, was du sagst, hast du reichlich Gelegenheit, es zu beweisen", sagte sie, "wenn Jubal dich nicht fängt und tötet. Ich bin in deiner Macht, und die Behandlung, die du mir gewährst, wird der beste Beweis für dich sein." Absichten mir gegenüber. Ich bin nicht dein Kumpel und wieder sage ich dir, dass ich dich hasse und dass ich froh sein sollte, wenn ich dich nie wieder sehen würde. "

Dian war aufrichtig. Das war nicht zu leugnen. In der Tat fand ich, dass Offenheit und Direktheit ein ganz besonderes Merkmal der Höhlenmenschen von Pellucidar sind. Schließlich schlug ich vor, dass wir versuchen, meine Höhle zu erreichen, wo wir dem suchenden Jubel entkommen könnten, denn ich kann zugeben, dass ich keinen nennenswerten Wunsch hatte, die beeindruckende und grausame Kreatur zu treffen, von deren mächtigem Können Dian mir erzählt hatte, wann Ich habe sie zum ersten Mal getroffen. Er war es, der, mit einem winzigen Messer bewaffnet, einen Höhlenbären in einem Nahkampf getroffen und getötet hatte. Es war Jubal, der seinen Speer in fünfzig Schritten vollständig durch den gepanzerten Kadaver des Sadok werfen konnte. Er hatte den Schädel eines aufladenden Dyryth mit einem einzigen Schlag seines Kriegsklumpens zertrümmert. Nein, ich wollte den Hässlichen nicht treffen - und es war ziemlich sicher, dass ich nicht ausgehen und nach ihm jagen sollte;Aber die Sache wurde sehr schnell aus meinen Händen genommen, wie es oft der Fall ist, und ich traf Jubal den Hässlichen von Angesicht zu Angesicht.

So ist es passiert. Ich hatte Dian den Weg entlang zurückgeführt, den sie gekommen war, auf der Suche nach einem Weg, der uns zum Gipfel der Klippe führen würde, denn ich wusste, dass wir dann zum Rand meines eigenen kleinen Tals gehen konnten, wo ich mich fühlte Sicher sollten wir ein Mittel zum Eindringen von der Klippe finden. Als wir den Felsvorsprung entlanggingen, gab ich in Sekundenschnelle Anweisungen, wie ich meine Höhle finden sollte, um zu verhindern, dass mir etwas zustößt. Ich wusste, dass sie ziemlich sicher vor der Verfolgung versteckt sein würde, wenn sie den Schutz meines Versteckes gefunden hatte, und das Tal würde ihr reichlich Nahrung bieten.

Außerdem war ich sehr verärgert über ihre Behandlung von mir. Mein Herz war traurig und schwer, und ich wollte, dass sie sich schlecht fühlte, indem ich vorschlug, dass mir etwas Schreckliches passieren könnte - dass ich tatsächlich getötet werden könnte. Aber es hat keinen Cent geklappt, zumindest soweit ich das beurteilen konnte. Dian zuckte nur mit den Schultern und murmelte etwas, das besagte, dass man Schwierigkeiten nicht so leicht loswerden konnte.

Eine weile hielt ich still. Ich war total gequetscht. Und zu denken, ich hätte sie zweimal vor Angriffen geschützt - das letzte Mal mein Leben riskiert, um ihr Leben zu retten. Es war unglaublich, dass selbst eine Tochter der Steinzeit so undankbar sein konnte - so herzlos; aber vielleicht hatte ihr Herz Anteil an den Qualitäten ihrer Epoche.

Gegenwärtig fanden wir einen Riss in der Klippe, der durch die Einwirkung des Wassers, das aus dem Plateau darüber abfloss, erweitert und erweitert worden war. Es gab uns einen ziemlich rauen Aufstieg zum Gipfel, aber schließlich standen wir auf der ebenen Mesa, die sich einige Meilen zurück bis zum Gebirgszug erstreckte. Hinter uns lag das weite Binnenmeer, das sich in der horizontlosen Entfernung nach oben krümmte, um mit dem Blau des Himmels zu verschmelzen, so dass es für die ganze Welt so aussah, als würde das Meer zurückgewölbt, um sich vollständig über uns zu wölben und jenseits der fernen Berge bei uns zu verschwinden Rücken - der seltsame und unheimliche Aspekt der Meereslandschaften von pellucidar balk description.

Zu unserer Rechten lag ein dichter Wald, aber zur Linken war das Land offen und klar bis zum Rand des Plateaus. In diese Richtung führte unser Weg, und wir hatten uns umgedreht, um unsere Reise fortzusetzen, als Dian meinen Arm berührte. Ich drehte mich zu ihr um und dachte, dass sie im Begriff sei, Friedensangebote zu machen. Aber ich habe mich geirrt.

"Jubal", sagte sie und nickte in Richtung Wald.

Ich schaute, und da tauchte aus dem dichten Wald ein perfekter Wal eines Mannes auf. Er muss sieben Fuß groß und dementsprechend proportioniert gewesen sein. Er war immer noch zu weit weg, um seine Züge zu unterscheiden.

"renn", sagte ich zu dian. "Ich kann ihn engagieren, bis Sie einen guten Start haben. Vielleicht kann ich ihn festhalten, bis Sie völlig entkommen sind." Und dann, ohne einen Blick zurück zu werfen, ging ich auf den hässlichen zu. Ich hatte gehofft, dass dian mir ein freundliches wort sagen würde, bevor sie ging, denn sie musste gewusst haben, dass ich für sie in den tod gehen würde; aber sie verabschiedete sich nie auch nur von mir, und mit schwerem Herzen schritt ich durch das blumengeschmückte Gras in mein Verderben.

Als ich nahe genug gekommen war, um Jubal von seinen Gesichtszügen zu unterscheiden, verstand ich, wie es war, dass er sich das Nörgelchen des Hässlichen verdient hatte. Anscheinend hatte ein ängstliches Biest eine ganze Seite seines Gesichts abgerissen. Das Auge war verschwunden, die Nase und das ganze Fleisch, so dass seine Kiefer und alle seine Zähne durch die schreckliche Narbe freigelegt waren und grinsten.

Früher war er vielleicht so gut anzusehen wie die anderen seiner schönen Rasse, und es kann sein, dass das schreckliche Ergebnis dieser Begegnung dazu neigte, einen bereits starken und brutalen Charakter zu zerstören. Wie auch immer das sein mag, es ist ziemlich sicher, dass er kein hübscher Anblick war, und jetzt, wo seine Züge oder was von ihnen übrig blieb, vor Wut beim Anblick von Dian mit einem anderen Mann verzerrt waren, war er in der Tat am schrecklichsten zu sehen - und viel schrecklicher zu treffen.

Jetzt war er in einen Lauf eingebrochen, und als er näher kam, hob er seinen mächtigen Speer, während ich anhielt und einen Pfeil in meinen Bogen steckte, zielte ich so fest ich konnte. Ich war etwas länger als sonst, denn ich muss zugeben, dass der Anblick dieses schrecklichen Mannes meine Nerven so sehr belastet hatte, dass meine Knie alles andere als ruhig waren. Was für eine Chance hatte ich gegen diesen mächtigen Krieger, für den selbst der wildeste Höhlenbär keine Schrecken hatte! Könnte ich hoffen, dass es einer ist, der den Sadok und Dyryth aus einer Hand schlachtet? Ich schauderte; aber fairerweise fürchtete ich mehr Dian als mein eigenes Schicksal.

Und dann warf der große Rohling seinen massiven Speer mit den Steinspitzen ab, und ich hob meinen Schild, um die Kraft seiner schrecklichen Geschwindigkeit zu brechen. Der Aufprall warf mich auf die Knie, aber der Schild hatte die Rakete abgelenkt und ich war unversehrt. Jubal stürmte jetzt mit der einzigen Waffe, die er noch trug, auf mich zu - einem mörderisch aussehenden Messer. Er war zu nah für einen vorsichtigen Bugschuss, aber ich ließ ihn fahren, als er kam, ohne zu zielen. Mein Pfeil traf den fleischigen Teil seines Oberschenkels und verursachte eine schmerzhafte, aber nicht behindernde Wunde. Und dann war er bei mir.

Meine Beweglichkeit rettete mich für den Moment. Ich duckte mich unter seinen erhobenen Arm und als er mich wieder angriff, fand er eine Schwertspitze in seinem Gesicht. Und einen Moment später spürte er ein oder zwei Zentimeter davon in den Muskeln seines Messerarms, so dass er danach vorsichtiger wurde.

Es war jetzt ein Duell der Strategie - der große, haarige Mann, der sich in meine Deckung begeben musste, um diese gigantischen Thews zum Spielen zu bringen, während mein Verstand darauf abzielte, ihn auf Distanz zu halten. Dreimal stürzte er mich und dreimal erwischte ich, wie sein Messer gegen meinen Schild schlug. Jedes Mal, wenn mein Schwert seinen Körper fand - einmal in seine Lunge eindringend. Zu diesem Zeitpunkt war er mit Blut bedeckt, und die innere Blutung verursachte Hustenanfälle, die den roten Strahl durch den scheußlichen Mund und die Nase trieben und sein Gesicht und seine Brust mit blutigem Schaum bedeckten. Er war ein sehr unschönes Schauspiel, aber er war alles andere als tot.

Als das Duell weiterging, gewann ich langsam an Selbstvertrauen, denn um absolut offen zu sein, hatte ich nicht erwartet, den ersten Ansturm dieses monströsen Motors von Wut und Hass zu überleben. Und ich denke, dass sich Jubal aus völliger Verachtung von mir zu einem Gefühl des Respekts wandelte und dann in seinem primitiven Verstand offenbar der Gedanke auftauchte, dass er vielleicht endlich seinen Meister getroffen hatte und vor seinem Ende stand.

Jedenfalls kann ich nur nach dieser Hypothese seinen nächsten Akt erklären, der in der Natur eines letzten Auswegs lag - eine Art verlorene Hoffnung, die nur aus dem Glauben hätte entstehen können, wenn er mich nicht getötet hätte schnell sollte ich ihn töten. Es geschah anlässlich seiner vierten Anklage, als er, anstatt mich mit seinem Messer anzustoßen, diese Waffe fallen ließ und meine Schwertklinge mit beiden Händen ergriff, die die Waffe so leicht aus meinem Griff riss wie von einem Baby.

Er warf es weit zur Seite und starrte mich einen Augenblick lang regungslos an, mit einem entsetzlichen Ausdruck bösartigen Triumphs, der mich beinahe verunsicherte. Dann sprang er mit bloßen Händen für mich auf. Aber es war Jubiläumstag, neue Methoden der Kriegsführung zu erlernen. Zum ersten Mal hatte er Pfeil und Bogen gesehen, noch nie zuvor hatte er ein Schwert gesehen, und jetzt lernte er, was ein Mann, der es weiß, mit seinen bloßen Fäusten anfangen kann.

Als er mich abholte, duckte ich mich wie ein großer Bär wieder unter seinen ausgestreckten Arm, und als ich auftauchte, pflanzte ich so sauber einen Schlag auf seinen Kiefer, wie du es je gesehen hast. Hinunter ging dieser große Fleischberg, der sich auf dem Boden ausbreitete. Er war so überrascht und benommen, dass er einige Sekunden dort lag, bevor er versuchte aufzustehen, und ich stand mit einer weiteren Dosis über ihm, als er seine Knie erreichen sollte.

Endlich stieg er auf und brüllte beinahe vor Wut und Demütigung. Aber er blieb nicht auf - ich ließ ihn auf der Kieferspitze eine linke Blende haben, die ihn auf den Rücken fallen ließ. Zu diesem Zeitpunkt, glaube ich, war Jubal vom Hass verrückt geworden, denn kein vernünftiger Mann wäre so oft zurückgekehrt wie er. Immer wieder warf ich ihn um, so schnell er konnte, bis er zwischen den Schlägen länger auf dem Boden lag und jedes Mal schwächer als zuvor auftauchte.

Er blutete jetzt sehr stark aus der Wunde in seiner Lunge, und ein heftiger Schlag auf das Herz ließ ihn schwer zu Boden taumeln, wo er sehr still lag, und irgendwie wusste ich sofort, dass der Hässliche niemals aufstehen würde nochmal. Aber selbst als ich diesen massiven Körper sah, der so grimmig und schrecklich im Tod lag, konnte ich nicht glauben, dass ich mit einer Hand diesen Jäger der ängstlichen Bestien - diesen gigantischen Oger der Steinzeit - besiegt hatte.

Ich griff nach meinem Schwert, stützte mich darauf und schaute auf den toten Körper meines Fohlen. Als ich an die Schlacht dachte, die ich gerade geschlagen und gewonnen hatte, wurde eine großartige Idee in meinem Gehirn geboren - das Ergebnis davon und der Vorschlag, dass Perry hatte in der Stadt von Phutra gemacht. Wenn Geschick und Wissenschaft eine vergleichende Pygmäe zum Meister dieses mächtigen Rohlings machen könnten, was könnten die Gefährten des Rohlings mit derselben Geschicklichkeit und Wissenschaft nicht erreichen.

Warum alle Pellucidar zu ihren Füßen sein würden - und ich würde ihr König und Dian ihre Königin sein.

Dian! Eine kleine Welle von Zweifeln überkam mich. Es lag im Rahmen der Möglichkeiten von Dian, auf mich herabzuschauen, selbst wenn ich König wäre. Sie war die überlegenste Person, die ich je getroffen hatte - mit der überzeugendsten Art, dich wissen zu lassen, dass sie überlegen war. Nun, ich könnte in die Höhle gehen und ihr sagen, dass ich Jubal getötet habe, und dann könnte sie sich mir gegenüber freundlicher fühlen, da ich sie von ihrem Peiniger befreit hatte. Ich hoffte, dass sie die Höhle leicht gefunden hatte - es wäre schrecklich, wenn ich sie wieder verloren hätte, und ich drehte mich um, um meinen Schild zu sammeln und mich nach ihr zu beugen, als ich zu meinem Erstaunen feststellte, dass sie keine zehn Schritte hinter mir stand.

"Mädchen!" Ich rief: "Was machst du hier? Ich dachte, du wärst in die Höhle gegangen, wie ich dir gesagt habe."

Ihr Kopf ging hoch, und der Blick, den sie mir schenkte, nahm mir die ganze Majestät und ließ mich mehr wie der Palastmeister fühlen - wenn Paläste Hausmeister haben.

"Wie du mir gesagt hast!" sie weinte und stampfte mit ihrem kleinen Fuß. "Ich tue, was ich will. Ich bin die Tochter eines Königs und außerdem hasse ich dich."

Ich war verblüfft - das war mein dank dafür, dass ich sie vor jubel gerettet habe! Ich drehte mich um und sah die Leiche an. "Vielleicht habe ich dich vor einem schlimmeren Schicksal gerettet, alter Mann", sagte ich, aber ich schätze, es war auf Dian verloren, denn sie schien es überhaupt nicht zu bemerken.

"Lass uns in meine Höhle gehen", sagte ich, "ich bin müde und hungrig."

Sie folgte mir einen Schritt hinterher, keiner von uns sprach. Ich war zu wütend, und es war ihr offensichtlich egal, mit den niederen Ordnungen zu sprechen. Ich war den ganzen Weg durch wütend, da ich mit Sicherheit das Gefühl hatte, dass mich zumindest ein Dankeswort belohnen sollte, denn ich wusste, dass ich selbst nach ihren eigenen Maßstäben eine wunderbare Sache getan haben muss, um das unbezwingbare Jubiläum zu töten eine Begegnung von Hand zu Hand.

Wir hatten keine Schwierigkeit, mein Versteck zu finden, und dann ging ich ins Tal hinunter und kegelte über eine kleine Antilope, die ich den steilen Aufstieg zum Felsvorsprung vor der Tür hinaufzog. Hier haben wir schweigend gegessen. Gelegentlich schaute ich sie an und dachte, dass der Anblick, dass sie mit Händen und Zähnen wie ein wildes Tier an rohem Fleisch riss, eine Ablehnung meiner Gefühle gegenüber ihr hervorrufen würde. Aber zu meiner Überraschung stellte ich fest, dass sie genauso zierlich aß wie die zivilisierteste Frau meines Bekanntenkreises, und schließlich schaute ich in dummer Verzückung auf die Schönheiten ihrer starken, weißen Zähne. So ist Liebe.

Nach unserer Mahlzeit gingen wir zusammen zum Fluss hinunter und badeten unsere Hände und Gesichter. Nach dem Trinken gingen wir zurück in die Höhle. Ohne ein wort kroch ich in die hinterste ecke und rollte mich zusammen und schlief bald ein.

Als ich aufwachte, sah ich Dian in der Tür sitzen und über das Tal schauen. Als ich herauskam, trat sie zur Seite, um mich vorbeizulassen, aber sie hatte kein Wort für mich. Ich wollte sie hassen, aber ich konnte nicht. Jedes Mal, wenn ich sie ansah, kam etwas in meinem Hals hoch, so dass ich fast erstickte. Ich war noch nie verliebt gewesen, aber ich brauchte keine Hilfe bei der Diagnose meines Falls - ich hatte es auf jeden Fall und hatte es schlecht. Gott, wie liebte ich dieses schöne, verächtliche, verlockende, prähistorische Mädchen!

Nachdem wir wieder gegessen hatten, fragte ich dian, ob sie beabsichtige, zu ihrem stamm zurückzukehren, jetzt wo jubal tot sei, aber sie schüttelte traurig den kopf und sagte, dass sie es nicht wagen würde, da noch jubals bruder in betracht gezogen werden müsse - sein ältester bruder.

"was hat er damit zu tun?" Ich habe gefragt. "Will er auch, dass Sie oder die Option, dass Sie ein Familienerbstück werden, von Generation zu Generation weitergegeben werden?"

Sie war sich nicht ganz sicher, was ich meinte.

"Es ist wahrscheinlich", sagte sie, "dass sie alle Rache für den Tod von Jubal wollen - es gibt sieben von ihnen - sieben schreckliche Männer. Vielleicht muss jemand sie alle töten, wenn ich zu meinem Volk zurückkehren will."

Es sah aus, als hätte ich einen viel zu großen Vertrag für mich angenommen - ungefähr sieben Größen.

"Hatte Jubal irgendwelche Cousins?" Ich habe gefragt. Es war gut, das Schlimmste sofort zu wissen.

"Ja", antwortete Dian, "aber sie zählen nicht - sie haben alle Gefährten. Jubals Brüder haben keine Gefährten, weil Jubal keine für sich selbst bekommen konnte. Er war so hässlich, dass Frauen vor ihm davonliefen - einige haben sich sogar von sich geworfen." die klippen von amoz in den darel az, anstatt sich mit dem hässlichen zu paaren. "

"Aber was hatte das mit seinen Brüdern zu tun?" Ich habe gefragt.

"Ich vergesse, dass Sie nicht von pellucidar sind," sagte Dian mit einem Blick des Mitleids, der mit der Verachtung vermischt ist, und die Verachtung schien, etwas dicker als der Umstand gelegt zu werden, der gerechtfertigt ist, um ziemlich sicher zu sein, dass ich nicht sollte übersehen es. "Siehst du", fuhr sie fort, "ein jüngerer Bruder darf keinen Partner finden, bis alle seine älteren Brüder dies getan haben, es sei denn, der ältere Bruder verzichtet auf sein Vorrecht, was Jubal nicht tun würde, da er weiß, solange er sie ledig hält." wäre sehr bemüht, ihm dabei zu helfen, einen Partner zu finden. "

Als ich bemerkte, dass dian kommunikativer wurde, begann ich zu hoffen, dass sie sich ein wenig auf mich erwärmen würde, obwohl ich bald feststellte, an welchem schmalen Faden ich meine Hoffnungen aufhängte.

"Da du es nicht wagst, zu Amoz zurückzukehren", wagte ich es, "was soll aus dir werden, da du hier mit mir nicht glücklich sein kannst und mich hasst, wie du es tust?"

"Ich werde mich mit dir abfinden müssen", erwiderte sie kalt, "bis du es für richtig hältst, woanders hinzugehen und mich in Ruhe zu lassen, dann werde ich sehr gut alleine auskommen."

Ich sah sie erstaunt an. Es schien unglaublich, dass sogar eine prähistorische Frau so kalt und herzlos und undankbar sein konnte. Dann stand ich auf.

"Ich werde dich jetzt verlassen", sagte ich hochmütig, "ich habe genug von deiner Undankbarkeit und deinen Beleidigungen." Dann drehte ich mich um und schritt majestätisch in Richtung Tal. Ich hatte hundert schritte in absoluter stille gemacht und dann sprach dian.

"ich hasse dich!" schrie sie und ihre Stimme brach - vor Wut, dachte ich.

Ich war absolut unglücklich, aber ich war nicht zu weit
gegangen, als mir klar wurde, dass ich sie dort nicht ohne Schutz
allein lassen konnte, um ihr eigenes Essen inmitten der Gefahren
dieser wilden Welt zu jagen. Sie könnte mich hassen und
schmähen und Empörung nach Empörung über mich häufen, wie
sie es bereits getan hatte, bis ich sie hätte hassen sollen; aber die
erbärmliche Tatsache blieb, dass ich sie liebte, und ich konnte sie
dort nicht allein lassen.

Je mehr ich darüber nachdachte, desto wütender wurde ich, und
als ich das Tal erreichte, drehte ich mich um und stieg die Klippe
wieder hinauf, so schnell ich heruntergekommen war. Ich sah,
dass Dian den Sims verlassen hatte und in die Höhle gegangen
war, aber ich schoss ihr nach. Sie lag auf ihrem Gesicht auf dem
Haufen Gräser, den ich für ihr Bett gesammelt hatte. Als sie
mich eintreten hörte, sprang sie auf wie eine Tigerin.

"ich hasse dich!" Sie weinte.

Als ich aus dem strahlenden Licht der Mittagssonne in die
Halbdunkelheit der Höhle kam, konnte ich ihre Züge nicht
sehen, und ich war ziemlich froh, denn ich dachte nicht an den
Hass, den ich dort hätte lesen sollen.

Anfangs habe ich kein Wort zu ihr gesagt. Ich ging einfach durch
die Höhle und packte sie an den Handgelenken. Als sie sich
abmühte, legte ich meinen Arm um sie, um ihre Hände an ihre
Seiten zu drücken. Sie kämpfte wie eine Tigerin, aber ich nahm
meine freie Hand und drückte ihren Kopf zurück - ich stelle mir
vor, dass ich plötzlich brachial geworden war, dass ich tausend
Millionen Jahre zurück gegangen war und wieder ein wahrer
Höhlenmensch war, der meinen Gefährten mit Gewalt eroberte -
und dann habe ich diesen schönen mund immer wieder geküsst.

"dian", rief ich und schüttelte sie grob, "ich liebe dich. Kannst du nicht verstehen, dass ich dich liebe? Dass ich dich besser liebe als alles andere auf dieser oder meiner Welt? Dass ich dich haben werde? Das Liebe wie meine kann nicht geleugnet werden? "

Ich bemerkte, dass sie jetzt sehr ruhig in meinen Armen lag und als sich meine Augen an das Licht gewöhnten, sah ich, dass sie lächelte - ein sehr zufriedenes, glückliches Lächeln. Ich war vom Blitz getroffen. Dann bemerkte ich, dass sie sehr sanft versuchte, ihre Arme zu lösen, und ich lockerte meinen Griff um sie, damit sie es tun konnte. Langsam kamen sie hoch und stahlen sich um meinen Hals, und dann zog sie meine Lippen wieder auf ihre und hielt sie dort für eine lange Zeit. Endlich sprach sie.

"Warum hast du das zuerst nicht getan, David? Ich habe so lange gewartet."

"Was!" ich weinte. "Du hast gesagt, dass du mich hasst!"

"Hast du erwartet, dass ich in deine Arme renne und sage, dass ich dich liebe, bevor ich weiß, dass du mich liebst?" Sie fragte.

"aber ich habe dir gleich gesagt, dass ich dich liebe", sagte ich. "Liebe spricht in Akten", antwortete sie. "du hättest deinen Mund sagen lassen können, was du sagen wolltest, aber gerade als du gekommen bist und mich in deine Arme genommen hast, sprach dein Herz mit meinem in der Sprache, die das Herz einer Frau versteht. Was für ein dummer Mann du bist, David. "

"Dann hast du mich überhaupt nicht gehasst, Dian?" Ich habe gefragt.

"Ich habe dich immer geliebt", flüsterte sie, "vom ersten Moment an, als ich dich sah, obwohl ich es nicht wusste, bis zu diesem

Zeitpunkt hast du den Schlauen niedergeschlagen und mich dann verschmäht."

"aber ich habe dich nicht verschmäht, Liebling", weinte ich. "Ich kannte deine Wege nicht - ich bezweifle, dass ich es jetzt tue. Es scheint unglaublich, dass du mich so beschimpft und trotzdem die ganze Zeit für mich gesorgt hast."

"Du hättest wissen können", sagte sie, "als ich nicht vor dir davonlief, dass es kein Hass war, der mich an dich gekettet hat. Während du mit Jubal gekämpft hast, hätte ich an den Rand des Waldes laufen können, und wann." Ich habe erfahren, dass es eine einfache Sache gewesen wäre, sich dir zu entziehen und zu meinem eigenen Volk zurückzukehren. "

"Aber Jubals Brüder - und Cousins -", erinnerte ich sie, "wie wäre es mit ihnen?"

Sie lächelte und verbarg ihr Gesicht auf meiner Schulter.

"Ich musste dir etwas sagen, David", flüsterte sie. "Ich muss eine Ausrede haben, um in deiner Nähe zu bleiben."

"du kleiner Sünder!" rief ich aus. "Und du hast mir all diese Qual umsonst zugefügt!"

"Ich habe noch mehr gelitten", antwortete sie einfach, "denn ich dachte, dass du mich nicht liebst, und ich war hilflos. Ich konnte nicht zu dir kommen und fordern, dass meine Liebe zurückgegeben wird, wie du gerade zu mir gekommen bist." Gerade als du gegangen bist, ging die Hoffnung mit dir. Ich war elend, verängstigt, elend, und mein Herz brach. Ich weinte, und ich habe das noch nie getan, seit meine Mutter gestorben ist. "Und jetzt sah ich, dass es das gab feuchte Tränen um ihre Augen. Es war nahe daran, mich zum Weinen zu bringen, als ich an all das arme Kind dachte, das durchgemacht hatte. Mutterlos und ungeschützt; gejagt durch eine wilde, urzeitliche Welt von diesem abscheulichen Rohling eines Mannes; den Angriffen der unzähligen furchterregenden Bewohner seiner Berge, Ebenen und Dschungel ausgesetzt - es war ein Wunder, dass sie alles überlebt hatte.

Für mich war es eine Offenbarung der Dinge, die meine frühen Vorfahren ertragen mussten, damit die menschliche Rasse der äußeren Kruste überleben konnte. Es machte mich sehr stolz zu glauben, dass ich die Liebe einer solchen Frau gewonnen hatte. Natürlich konnte sie weder lesen noch schreiben. Es gab nichts Kultiviertes oder Verfeinertes an ihr, wenn man Kultur und Verfeinerung beurteilt. Aber sie war die Essenz von allem Besten in der Frau, denn sie war gut und mutig und edel und tugendhaft. Und sie war all dies, obwohl ihre Beachtung Leiden und Gefahr und möglichen Tod mit sich brachte.

Wie viel einfacher wäre es gewesen, überhaupt ins jubal zu gehen! Sie wäre seine rechtmäßige Gefährtin gewesen. Sie wäre eine Königin in ihrem eigenen Land gewesen - und es bedeutete der Höhlenfrau in der Steinzeit genau so viel, eine Königin zu sein wie der heutigen Frau, jetzt eine Königin zu sein. Es ist in jeder Hinsicht eine vergleichende Ehre, und wenn es heute nur halbnackte Wilde auf der äußeren Kruste gäbe, wäre es eine beachtliche Ehre, die Frau eines Häuptlings von Dahomey zu sein.

Ich konnte nicht anders, als Dian 's Handlung mit der einer großartigen jungen Frau zu vergleichen, die ich in New York gekannt hatte - ich meine, es war großartig, sie anzuschauen und mit ihnen zu reden. Sie war Hals über Kopf in einen Kumpel von mir verliebt gewesen - einen sauberen, männlichen Kerl -, aber sie hatte einen heruntergekommenen, verrufenen alten Debauchee geheiratet, weil er in einem kleinen europäischen Fürstentum gezählt worden war, das nicht einmal als unverwechselbar galt color by rand mcnally.

Ja, ich war mächtig stolz auf Dian.

Nach einer Weile beschlossen wir, uns auf den Weg nach Sari zu machen, da ich unbedingt Perry sehen wollte und wissen wollte, dass mit ihm alles in Ordnung war. Ich hatte Dian von unserem Plan erzählt, die menschliche Rasse von Pellucidar zu emanzipieren, und sie war ziemlich wild darüber. Sie sagte, wenn Dacor, ihr Bruder, nur zurückkehren würde, könnte er leicht König von Amoz sein, und dann könnten er und Ghak eine Allianz bilden. Das würde uns einen fliegenden Start bescheren, denn sowohl die Sarians als auch die Amozites waren sehr mächtige Stämme. Nachdem sie mit Schwertern, Pfeil und Bogen bewaffnet und in ihrem Gebrauch geschult waren, waren wir zuversichtlich, dass sie jeden Stamm besiegen konnten, der nicht geneigt zu sein schien, sich der großen Armee der Föderierten Staaten anzuschließen, mit denen wir auf die Mahars marschieren wollten.

Ich erklärte die verschiedenen zerstörerischen kriegsmotoren, die perry und ich nach einigem experimentieren konstruieren konnten - schießpulver, gewehre, kanonen und dergleichen, und dian klatschte in die hände und warf ihre arme um meinen hals und erzählte mir, was für ein wunderbares was ich war. Sie begann zu glauben, dass ich allmächtig sei, obwohl ich wirklich nichts anderes getan hatte als zu reden - aber so ist es mit Frauen, wenn sie lieben. Perry pflegte zu sagen, wenn ein kerl ein zehntel so bemerkenswert wäre, wie seine frau oder mutter ihn dachten, würde er die welt am schwanz haben und bergab ziehen.

Als wir das erste mal mit sari fuhren, trat ich in ein nest giftiger vipern, bevor wir das tal erreichten. Ein kleiner Kerl hat mich am Knöchel gestochen, und Dian hat mich gezwungen, in die Höhle zurückzukehren. Sie sagte, ich dürfe nicht trainieren, oder es könnte sich als tödlich erweisen - wenn es eine ausgewachsene

Schlange gewesen wäre, die mich beeindruckt hätte, hätte ich keinen Schritt aus dem Nest geschoben - ich wäre in meinem gestorben Spuren, so virulent ist das Gift. So wie es war muss ich schon eine ganze weile auf dem boden gelegen haben, obwohl dians umschläge mit kräutern und blättern endlich die schwellung verringerten und das gift herausholten.

Die Folge hatte jedoch das größte Glück, denn sie brachte mich auf eine Idee, die den Wert meiner Pfeile als Angriffs- und Verteidigungsraketen um das Tausendfache steigerte. Sobald ich wieder in der lage war, suchte ich einige adulte vipern der spezies auf, die mich gestochen hatten, und nachdem ich sie getötet hatte, extrahierte ich ihr virus und schmierte es auf die spitzen einiger pfeile. Später schoss ich mit einem von ihnen auf einen Hyenodon, und obwohl mein Pfeil nur eine oberflächliche Fleischwunde verursachte, brach das Tier fast unmittelbar nach seinem Treffer im Tod zusammen.

Wir machten uns nun wieder auf den Weg in das Land der Sarians, und mit aufrichtigem Bedauern verabschiedeten wir uns von unserem wunderschönen Garten Eden, in dessen vergleichbarer Ruhe und Harmonie wir die glücklichsten Momente unseres Lebens verbracht hatten lebt. Wie lange wir dort gewesen waren, wusste ich nicht, denn wie ich dir gesagt habe, hatte die Zeit für mich unter dieser ewigen Mittagssonne aufgehört zu existieren - es könnte eine Stunde oder ein Monat irdischer Zeit gewesen sein; Ich weiß es nicht.

Xv

Zurück zur Erde

Wir überquerten den fluss und gingen durch die berge dahinter und kamen schließlich auf eine große ebene, die sich so weit ausdehnte, wie das auge reicht. Ich kann dir nicht sagen, in welche Richtung es sich erstreckte, selbst wenn du wissen möchtest, dass ich die ganze Zeit in Pellucidar war. Ich habe nur lokale Methoden zur Richtungsangabe entdeckt - es gibt keinen Norden, keinen Süden, keinen Osten, keinen Westen . Up ist ungefähr die einzige Richtung, die genau definiert ist, und das liegt natürlich bei Ihnen an der äußeren Kruste. Da die Sonne weder auf- noch untergeht, gibt es keine Möglichkeit, die Richtung über sichtbare Objekte wie hohe Berge, Wälder, Seen und Meere hinaus anzuzeigen.

Die Ebene, die jenseits der weißen Klippen liegt, die den Darel Az an der Küste flankieren, die den Bergen der Wolken am nächsten liegt, ist so nah an jeder Richtung, wie jeder Pellucidarian kommen kann. Wenn Sie nicht von dem Darel Az oder den weißen Klippen oder den Bergen der Wolken gehört haben, haben Sie das Gefühl, dass etwas fehlt, und sehnen Sie sich nach dem guten alten, verständlichen Nordosten und Südwesten der Außenwelt.

Wir hatten die große Ebene kaum betreten, als wir zwei riesige Tiere entdeckten, die sich uns aus großer Entfernung näherten. Bisher waren sie so weit, dass wir nicht unterscheiden konnten, welche Art von Bestien sie sein könnten, aber als sie näher kamen, sah ich, dass sie enorme Vierbeiner waren, achtzig oder hundert Fuß lang, mit winzigen Köpfen auf sehr langen Hälsen. Ihre Köpfe müssen ziemlich dreißig Meter vom Boden entfernt gewesen sein. Die Bestien bewegten sich sehr langsam - das heißt, ihre Aktion war langsam -, aber ihre Schritte legten eine so große Distanz zurück, dass sie in Wirklichkeit erheblich schneller reisten, als ein Mann geht.

Als sie näher kamen, stellten wir fest, dass auf jedem Rücken ein Mensch saß. Dann wusste dian, was sie waren, obwohl sie noch nie eine gesehen hatte.

"Sie sind Lidis aus dem Land der Thorianer", rief sie. "thoria liegt am äußeren rand des landes des schrecklichen schattens. Die thorianer aller rassen von pellucidar reiten auf der lidi, denn nirgendwo anders als neben dem dunklen land werden sie gefunden."

"Was ist das Land des schrecklichen Schattens?" Ich habe gefragt.

"Es ist das Land, das unter der toten Welt liegt", erwiderte Dian; "Die tote Welt, die für immer zwischen der Sonne und Pellucidar über dem Land des schrecklichen Schattens hängt. Es ist die tote Welt, die den großen Schatten auf diesen Teil von Pellucidar wirft."

Ich verstand nicht ganz, was sie meinte, und ich bin mir auch noch nicht sicher, denn ich war noch nie in jenem Teil von Pellucidar, von dem aus die tote Welt sichtbar ist. Aber perry sagt, dass es der mond von pellucidar ist - ein winziger planet innerhalb eines planeten - und dass er sich gleichzeitig mit der erde um die erdachse dreht und sich somit immer über der gleichen stelle innerhalb von pellucidar befindet.

Ich erinnere mich, dass perry sehr aufgeregt war, als ich ihm von dieser toten welt erzählte, denn er schien zu glauben, dass dies die bisher unerklärlichen phänomene der nutation und der präzession der äquinoktien erklärte.

Als die beiden auf dem lidis uns ganz nahe gekommen waren, sahen wir, dass einer ein mann und der andere eine frau war. Ersterer hatte im Zeichen des Friedens seine beiden Hände hochgehalten, die Handflächen auf uns gerichtet, und ich hatte ihm geantwortet, als er plötzlich einen Schrei des Erstaunens und des Vergnügens ausstieß und von seinem riesigen Reittier auf Dian zulief und sein Pferd warf Arme um sie.

In einem augenblick war ich weiß vor eifersucht, aber nur für einen augenblick; da dian den mann schnell zu mir zog und ihm sagte, ich sei david, ihr kumpel.

"Und das ist mein Bruder, Dacor der Starke, David", sagte sie zu mir.

Es schien, dass die Frau Dacors Kumpel war. Er hatte unter den Sari nichts nach seinem Geschmack gefunden, noch weiter, bis er in das Land der Thoria gekommen war, und dort hatte er diese sehr schöne Thorianerin gefunden und für sie gekämpft, die er seinem eigenen Volk zurückbrachte.

Als sie unsere geschichte und unsere pläne gehört hatten, beschlossen sie, uns nach sari zu begleiten, damit dacor und ghak sich über eine allianz einigen, da dacor von der vorgeschlagenen vernichtung der mahars und sagoths genauso begeistert war wie dian oder ich.

Nach einer für pellucidar recht ereignislosen fahrt erreichten wir das erste der sarianer dörfer, das aus ein bis zweihundert künstlichen höhlen besteht, die in das gesicht einer großen klippe geschnitten sind. Hier fanden wir zu unserer ungeheuren Freude sowohl Perry als auch Ghak. Der alte mann war ganz überwältigt von mir, denn er hatte mich längst als tot aufgegeben.

Als ich dian als meine frau vorstellte, wusste er nicht recht, was er sagen sollte, aber er bemerkte später, dass ich es mit der auswahl zweier welten nicht besser machen konnte.

Ghak und Dacor kamen zu einer sehr einvernehmlichen Einigung, und in einem Rat der Oberhäupter der verschiedenen

Stämme der Sari wurde die endgültige Regierungsform vorläufig vereinbart. Grob gesagt sollten die verschiedenen Königreiche praktisch unabhängig bleiben, aber es sollte einen großen Oberherrn oder Kaiser geben. Es wurde beschlossen, dass ich der erste der Dynastie der Kaiser von Pellucidar sein sollte.

Wir machten uns daran, den Frauen beizubringen, wie man Bögen und Pfeile herstellt und wie man Giftbeutel herstellt. Die jungen Männer jagten die Vipern, die das Virus bereitstellten, und sie waren es, die das Eisenerz förderten und die Schwerter unter der Leitung von Perry herstellten. Das Fieber breitete sich schnell von einem Stamm zum anderen aus, bis Vertreter von Nationen, die so weit entfernt waren, dass die Sarians noch nie von ihnen gehört hatten, hereinkamen, um den von uns verlangten Treueid zu leisten und die Kunst zu erlernen, die neuen Waffen herzustellen und sie zu benutzen .

Wir schickten unsere jungen Männer als Ausbilder zu jeder Nation der Föderation, und die Bewegung hatte kolossale Ausmaße erreicht, bevor die Mahars sie entdeckten. Die erste Andeutung, die sie hatten, war, als drei ihrer großen Sklavenwagen in rascher Folge vernichtet wurden. Sie konnten nicht begreifen, dass die niederen Ordnungen plötzlich eine Macht entwickelt hatten, die sie wirklich beeindruckend machte.

In einem der Gefechte mit Sklavenwagen nahmen einige unserer Sarians eine Reihe sagotischer Gefangener mit, darunter zwei, die Angehörige der Wachen in dem Gebäude waren, in dem wir in Phutra eingesperrt waren. Sie erzählten uns, dass die Mahars außer sich vor Wut waren, als sie entdeckten, was in den Kellern der Gebäude passiert war. Die Sagoths wussten, dass ihren Herren etwas sehr Schreckliches widerfahren war, aber die Mahars hatten mit größter Sorgfalt darauf geachtet, dass keine Ahnung von der wahren Natur ihres vitalen Leidens über ihre eigene Rasse hinausging. Wie lange es dauern würde, bis die

Rasse ausgestorben war, war nicht einmal zu erraten. Aber dass dies irgendwann passieren musste, schien unvermeidlich.

Die Mahars hatten fabelhafte Belohnungen für die Gefangennahme eines von uns Lebenden angeboten und gleichzeitig damit gedroht, die schlimmste Strafe für jeden zu verhängen, der uns Schaden zufügen sollte. Die Sagoths konnten diese scheinbar paradoxen Anweisungen nicht verstehen, obwohl ihr Zweck für mich offensichtlich war. Die Mahars wollten das große Geheimnis, und sie wussten, dass wir es ihnen allein liefern konnten.

Perrys Experimente bei der Herstellung von Schießpulver und der Herstellung von Gewehren waren nicht so schnell vorangekommen, wie wir gehofft hatten - es gab eine ganze Menge an diesen beiden Künsten, die Perry nicht kannte. Wir waren beide überzeugt, dass die Lösung dieser Probleme die Zivilisationsursache innerhalb von Tausenden von Jahren auf einen Schlag voranbringen würde. Dann gab es verschiedene andere Künste und Wissenschaften, die wir einführen wollten, aber unser kombiniertes Wissen über sie umfasste nicht die mechanischen Details, die sie allein von kommerziellem oder praktischem Wert machen konnten.

"david", sagte perry unmittelbar nach seinem letzten scheitern bei der herstellung von schießpulver, das sogar brennen würde, "einer von uns muss in die äußere welt zurückkehren und die informationen zurückbringen, die uns fehlen. Hier haben wir alle arbeitskräfte und materialien, um irgendetwas zu reproduzieren, was das ist." jemals oben produziert worden ist - was uns fehlt, ist Wissen. Lasst uns zurückgehen und dieses Wissen in Form von Büchern erlangen -, dann wird uns diese Welt tatsächlich zu Füßen liegen. "

Und so wurde beschlossen, dass ich in den schürfer zurückkehren sollte, der noch am rande des waldes an der stelle lag, an der wir zuerst an die oberfläche der inneren welt vorgedrungen waren. Dian hörte keine vereinbarung für meinen weg, die sie nicht einschloss, und es tat mir nicht leid, dass sie mich begleiten wollte, denn ich wollte, dass sie meine welt sah, und ich wollte, dass meine welt sie sah.

Mit einer großen Kraft von Männern marschierten wir zu der großen Eisenmole, die bald mit der Nase nach hinten zur äußeren Kruste in Position gebracht worden war. Er ging die ganze Maschinerie sorgfältig durch. Er füllte die Lufttanks auf und stellte Öl für den Motor her. Endlich war alles fertig, und wir wollten los, als unsere Streikposten, von denen eine lange, dünne Reihe unser Lager zu allen Zeiten umzingelt hatte, berichteten, dass sich ein großer Körper von anscheinend Sagoths und Mahars aus der Richtung näherte von Phutra.

Dian und ich waren bereit einzusteigen, aber ich war gespannt auf den ersten Zusammenprall zwischen zwei recht großen Armeen der gegnerischen Rassen von Pellucidar. Ich erkannte, dass dies der historische Beginn eines mächtigen Kampfes um den Besitz einer Welt war, und als erster Kaiser von Pellucidar fühlte ich, dass es nicht allein meine Pflicht, sondern mein Recht war, mitten in diesem bedeutsamen Kampf zu sein .

Als sich die gegnerische Armee näherte, sahen wir, dass es viele Mahars mit den sagothischen Truppen gab - ein Hinweis auf die enorme Bedeutung, die die dominierende Rasse dem Ergebnis dieses Feldzugs beimaß, denn es war nicht üblich, dass sie sich aktiv an den Einsätzen beteiligten, die Ihre Kreaturen waren für Sklaven gemacht - die einzige Form der Kriegsführung, die sie auf niedere Ordnungen ausübten.

Ghak und Dacor waren beide bei uns, hauptsächlich um den Goldsucher zu sehen. Ich habe Ghak mit einigen seiner Sarians rechts von unserer Kampflinie platziert. Dacor bog nach links ab, während ich das Zentrum befahl. Hinter uns stationierte ich eine ausreichende reserve unter einem von ghaks chefmännern. Die sagoths rückten mit bedrohlichen speeren stetig vor, und ich ließ sie kommen, bis sie sich in leichtem Bugschuss befanden, bevor ich das feuerwort gab.

Bei der ersten Salve von Giftpfeilen sanken die vorderen Reihen der Gorillamänner zu Boden; Aber die Hinterbliebenen stürmten wild und verrückt über die niedergeworfenen Gestalten ihrer Kameraden, um mit ihren Speeren auf uns zu sein. Eine zweite Salve stoppte sie für einen Moment, und dann sprang meine Reserve durch die Öffnungen in der Schusslinie, um sie mit Schwert und Schild anzugreifen. Die plumpen Speere der Sagoths waren den Schwertern der Sarianer und Amoziter nicht gewachsen, die die Speerschübe mit ihren Schilden zur Seite legten und mit ihren leichteren, handlicheren Waffen näher kamen.

Ghak führte seine Bogenschützen an der feindlichen Flanke entlang, und während die Schwertkämpfer sie angriffen, schüttete er Salve um Salve in ihre ungeschützte Linke. Die Mahars kämpften kaum wirklich und standen mehr im Weg als sonst, obwohl gelegentlich einer von ihnen seinen mächtigen Kiefer am Arm oder Bein eines Sariers befestigte.

Die Schlacht dauerte nicht lange, denn als Dacor und ich unsere Männer mit nackten Schwertern zur Rechten der Sagoth führten, waren sie bereits so demoralisiert, dass sie sich umdrehten und vor uns flohen. Wir verfolgten sie eine zeitlang, nahmen viele gefangene und fanden fast hundert sklaven wieder, unter denen hooja die schlaue war.

Er erzählte mir, dass er auf dem Weg in sein eigenes Land gefangen genommen worden war; aber dass sein Leben in der Hoffnung verschont worden war, dass die Mahars durch ihn den Aufenthaltsort ihres großen Geheimnisses erfahren würden. Ghak und ich neigten dazu zu glauben, dass der Schlaue diese

Expedition in das Land der Sari geführt hatte, wo er glaubte, dass das Buch in Perrys Besitz sein könnte. Aber wir hatten keinen Beweis dafür und so nahmen wir ihn auf und behandelten ihn als einen von uns, obwohl ihn keiner mochte. Und wie er meine Großzügigkeit belohnte, werden Sie gleich erfahren.

Unter unseren Gefangenen befanden sich eine Reihe von Mahars, und unser eigenes Volk fürchtete sich so sehr vor ihnen, dass sie sich ihnen nur näherten, wenn ein Stück Haut sie vor den Reptilien vollständig verbarg. Sogar Dian teilte den populären Aberglauben über die bösen Auswirkungen des Kontakts mit den Augen wütender Mahars, und obwohl ich über ihre Befürchtungen lachte, war ich bereit, sie zu belustigen, wenn dies ihre Besorgnis in irgendeiner Weise lindern würde Goldsucher, in dessen Nähe die Mahars angekettet waren, während Perry und ich noch einmal jeden Teil des Mechanismus inspizierten.

Endlich nahm ich meinen platz auf dem fahrersitz ein und rief einem der männer zu, ohne dian abzuholen. Es geschah, dass hooja ganz in der nähe der tür des prospektors stand, so dass er, ohne mein wissen, ging, um sie zu bringen; Aber wie es ihm gelungen ist, das Teuflische zu vollbringen, das er getan hat, kann ich nicht erraten, es sei denn, es gab andere in der Verschwörung, die ihm helfen sollten. Ich kann es auch nicht glauben, denn alle meine Leute waren mir treu und hätten sich nur wenig Mühe gegeben, wenn er das herzlose Schema vorgeschlagen hätte, selbst wenn er Zeit gehabt hätte, einen anderen damit bekannt zu machen. Es war alles so schnell erledigt, dass ich nur glauben kann, dass es das Ergebnis eines plötzlichen Impulses war, der von einer Reihe zufälliger Umstände unterstützt wurde, die genau zum richtigen Zeitpunkt eintraten.

Ich weiß nur, dass es Hooja war, der Dian zum Goldsucher brachte, der immer noch von Kopf bis Fuß in die Haut eines

riesigen Höhlenlöwen gehüllt war, der sie bedeckte, seit die
Mahar-Gefangenen ins Lager gebracht worden waren. Er legte
seine last auf den sitz neben mir. Ich war alle bereit, loszulegen.
Man hatte sich verabschiedet. Perry hatte meine Hand im letzten,
langen Abschied gefasst. Ich schloss und verriegelte die äußere
und innere Tür, setzte mich wieder an den Antriebsmechanismus
und zog den Starthebel.

Wie in der vergangenen Nacht, in der wir das Eisenmonster zum
ersten Mal vor Gericht gestellt hatten, war unter uns ein
schreckliches Gebrüll zu hören - der riesige Rahmen zitterte und
vibrierte -, als die lose Erde durch den Hohlraum flog zwischen
der inneren und der äußeren Ummantelung werden in unserem
Gefolge deponiert. Noch einmal war die Sache aus.

Aber im Moment der Abreise wurde ich durch das plötzliche
Schlagen des Goldsuchers beinahe von meinem Platz geworfen.
Zuerst war mir nicht klar, was passiert war, aber jetzt wurde mir
klar, dass der aufragende Körper kurz vor dem Betreten der
Kruste durch das Traggerüst gefallen war und dass wir nicht
senkrecht in den Boden eintauchten, sondern in einem anderen
Winkel hinein stießen. Wo es uns auf die obere Kruste bringen
würde, konnte ich nicht einmal vermuten. Und dann drehte ich
mich um, um die Auswirkung dieser seltsamen Erfahrung auf
Dian zu bemerken. Sie saß immer noch in der großen Haut
gehüllt.

"Komm, komm", rief ich lachend, "komm aus deiner Muschel.
Keine Mahar-Augen können dich hier erreichen." Ich beugte
mich über sie und schnappte ihr die Löwenhaut. Und dann
schrumpfte ich entsetzt auf meinen Platz zurück.

Das Ding unter der Haut war kein Dian - es war ein
abscheulicher Mahar. Sofort erkannte ich den trick, den hooja
auf mich gespielt hatte, und den zweck davon. Für immer von
mir befreit, wie er zweifellos dachte, würde Dian seiner Gnade

ausgeliefert sein. Ich riss verzweifelt am Lenkrad, um den Prospektor wieder in Richtung Pellucidar zu drehen. Aber, wie bei dieser anderen Gelegenheit, konnte ich das Ding nicht ein Haar rühren.

Es ist unnötig, die Schrecken oder die Eintönigkeit dieser Reise zu erzählen. Es unterschied sich nur wenig von jenem, das uns von der äußeren in die innere Welt geführt hatte. Aufgrund des Winkels, in dem wir den Boden betreten hatten, dauerte die Reise fast einen Tag länger und führte mich hierher auf den Sand der Sahara anstatt in die Vereinigten Staaten, wie ich es mir erhofft hatte.

Seit monaten warte ich hier auf einen weißen mann. Ich wagte es nicht, den Goldsucher zu verlassen, weil ich befürchtete, ich könnte ihn nie wieder finden - der sich wandelnde Sand der Wüste würde ihn bald bedecken, und dann würde meine einzige Hoffnung, zu meinem Dian und ihrem Pellucidar zurückzukehren, für immer verschwinden.

Dass ich sie jemals wiedersehen werde, scheint mir nur aus der Ferne möglich, denn woher weiß ich, auf welchem Teil von Pellucidar meine Rückreise enden kann - und wie ich ohne Norden oder Süden oder Osten oder Westen hoffen kann, jemals meinen Weg zu finden durch diese weite Welt zu dem winzigen Ort, an dem meine verlorene Liebe liegt und um mich trauert?

Das ist die geschichte, wie david innes sie mir im ziegenfellzelt am rande der großen sahara erzählte. Am nächsten Tag brachte er mich zum Prospektor - genau so, wie er es beschrieben hatte. Es war so groß, dass es mit keinem Transportmittel, das es dort gab, in diesen unzugänglichen Teil der Welt hätte gebracht werden können - es hätte nur so kommen können, wie David

Innes es behauptet hatte - durch die Erdkruste von der Erde innere Welt von Pellucidar.

Ich verbrachte eine woche mit ihm und kehrte dann, nachdem ich meine löwenjagd aufgegeben hatte, direkt an die küste zurück und eilte nach london, wo ich eine große menge zeug kaufte, das er mit nach pellucidar nehmen wollte. Es gab Bücher, Gewehre, Revolver, Munition, Kameras, Chemikalien, Telefone, Telegrafeninstrumente, Kabel, Werkzeuge und mehr Bücher - Bücher zu jedem Thema unter der Sonne. Er sagte, er wolle eine Bibliothek, mit der sie die Wunder des zwanzigsten Jahrhunderts in der Steinzeit reproduzieren könnten, und wenn die Menge für irgendetwas zählt, habe ich sie für ihn bekommen.

Ich brachte die dinge selbst nach algerien zurück und begleitete sie bis zum ende der eisenbahn; aber von hier aus wurde ich in wichtigen geschäften nach amerika zurückgerufen. Ich konnte jedoch einen sehr vertrauenswürdigen Mann einstellen, der sich um den Wohnwagen kümmerte - derselbe Führer, der mich auf der vorherigen Reise in die Sahara begleitet hatte - und nachdem ich einen langen Brief an Innes geschrieben hatte, in dem ich ihn überreichte meine amerikanische adresse, ich habe die expedition in richtung süden gesehen.

Unter den anderen Dingen, die ich an Innes sandte, befanden sich über 500 Meilen doppelt isolierten Draht von sehr feiner Stärke. Ich hatte es auf seinen Vorschlag auf einer speziellen Rolle verpackt, da es seine Idee war, dass er ein Ende hier befestigen könnte, bevor er ging, und indem er es durch das Ende des Prospektors auszahlt, eine Telegraphenlinie zwischen der äußeren und inneren Welt legen würde. In meinem Brief sagte ich ihm, er solle sicher sein, dass er den Endpunkt der Linie sehr deutlich mit einem hohen Steinhaufen markiert, falls ich ihn nicht erreichen konnte, bevor er aufbrach, damit ich ihn leicht finden und mit ihm kommunizieren könne, sollte er es sein so glücklich, pellucidar zu erreichen.

Nach meiner Rückkehr nach Amerika erhielt ich mehrere Briefe von ihm. Tatsächlich nutzte er jede Karawane, die nach Norden fuhr, um mir eine Nachricht zukommen zu lassen. Sein letzter Brief wurde am Tag vor seiner geplanten Abreise geschrieben. Hier ist es.

Mein lieber Freund:

Morgen mache ich mich auf die suche nach pellucidar und dian. Das ist, wenn die Araber mich nicht erwischen. Sie waren in letzter Zeit sehr böse. Ich kenne die Ursache nicht, aber zweimal haben sie mein Leben bedroht. Einer, freundlicher als die anderen, sagte mir heute, dass sie vorhatten, mich heute Abend anzugreifen. Es wäre bedauerlich, wenn etwas in dieser Art passieren würde, jetzt wo ich so kurz vor der Abreise stehe.

Vielleicht geht es mir aber auch so, denn je näher die Stunde rückt, desto schlanker erscheinen meine Erfolgschancen.

Hier ist der freundliche Araber, der diesen Brief für mich nach Norden bringen soll, also auf Wiedersehen, und Gott segne Sie für Ihre Güte zu mir.

Der araber fordert mich auf, mich zu beeilen, denn er sieht eine sandwolke im süden - er denkt, es ist die partei, die kommt, um mich zu ermorden, und er will nicht mit mir gefunden werden. Also auf wiedersehen.

Deins, david innes.

Ein jahr später fand ich mich am ende der eisenbahn wieder auf dem weg zu der stelle, an der ich innes gelassen hatte. Meine erste Enttäuschung war, als ich feststellte, dass mein alter Führer innerhalb weniger Wochen nach meiner Rückkehr gestorben war und ich kein Mitglied meiner früheren Partei finden konnte, das mich an denselben Ort führen konnte.

Monatelang suchte ich dieses sengende land ab und interviewte unzählige wüstenscheichs in der hoffnung, endlich einen zu finden, der von innes und seinem wundervollen eisernen maulwurf gehört hatte. Dauernd suchten meine Augen den blendenden Sandabfall nach dem felsigen Steinhaufen ab, unter dem ich die Drähte finden sollte, die zu Pellucidar führten - aber immer war ich erfolglos.

Und mache immer diese schrecklichen Fragen, wenn ich an David Innes und seine seltsamen Abenteuer denke.

Ermordeten ihn die Araber doch gerade am Vorabend seiner Abreise? Oder hat er die nase seines eisernen monsters wieder in die innere welt gedreht? Hat er es erreicht oder liegt er irgendwo im Herzen der großen Kruste begraben? Und wenn er noch einmal nach pellucidar kam, war es dann ein Durchbruch auf dem Grund eines ihrer großen Inselmeere oder eine wilde Rasse, weit weg von dem Land, das sein Herz begehrt?

Liegt die Antwort irgendwo auf dem Busen der weiten Sahara, am Ende zweier winziger Drähte, die unter einem verlorenen Steinhaufen versteckt sind? Ich wundere mich.